仇討ち包丁

江戸いちばんの味

氷月　葵

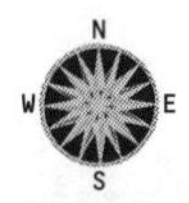

コスミック・時代文庫

この作品はコスミック文庫のために書下ろされました。

目次

第一章　掛け行灯

一

両国の広小路で、吉平はいつもの場所に立った。

十二月の冷たい木枯らしが、頬を撫でて通り過ぎていく。

抱えた岡持の蓋を開けて、吉平は声を張り上げる。

「海苔巻きぃ、旨い海苔巻きだよ」

その声はまわりに大勢いる物売りや、見世物芸人の鳴り物の響きに吸い込まれていった。が、それに張り合うように、また声を上げる。

「む、海苔巻きとな」

足を止めた恰幅のよい侍が、岡持を覗き込んだ。吉平は岡持を持ち上げる。

「へい、中太の変わり海苔巻きで……中身は鰹節と胡麻、梅干しとしらす、それに沢庵とごま、の三つの味があります」

「ほう、面白いな」

首を伸ばす武士に、吉平は頷く。

「へい、いろいろと作ってるんです。前は細巻きだったんですが、太いほうが食べるのにてっとり早いと言われて、太くしてみやした」

「なるほど、では鰹節をもらおうか、いくらだ」

「六文で」

　ふむ、と侍は巾着から六文を差し出し、海苔巻きを受け取った。

「どれ」

　侍は口を大きく開けて、海苔巻きにかぶりつく。頬を膨らませ、喉を動かすと、その口元をほころばせた。

「うむ、旨い」

　侍は笑みを浮かべて、岡持を改めて見る。と、その目を岡持の外側に留めた。そこには〈江戸一〉と書かれている。侍は口を動かしながら、吉平を見た。

「これは、そのほうの屋号か。以前、深川村松町にあった煮売茶屋の江戸一と関わりがあるのか」

あ、と吉平はためらいつつも頷く。

「へい、あの江戸一みてえな店を持ちたい、と思っているんで」

ほう、と侍は二口目を咀嚼(そしゃく)しつつ、深川のほうへと目を向けた。

「旨い店だという評判は聞いていた。食べに行こうと思うていたのだが、お役目で大坂(おおさか)に行くことになってな、三年後に戻って来たら店はなくなっていた。主(あるじ)が物盗(ものと)りに殺されたと聞いたが」

眉間(みけん)が寄りそうになるのを、吉平は抑えた。物盗り……それだけじゃあない……。そう腹の底でつぶやきつつ、頷いた。

「そのようで」

「ふうむ」侍は海苔巻きを食べ続ける。

「ぐずぐずせずに、食べに行っておくのだったと後悔したわ。迷っておると、失うばかりでよいことはない」

最後の一口を口に入れて、侍は自らの言葉に頷いた。その顔で、また岡持を覗き込む。

「ゆえに、迷わぬことにしたのだ。食べたいときには食べる、とな。あとの二つももらおう」

侍はにっと笑みを浮かべると、膨らんだ腹に手を当てた。

「わたしは旨い物を食べ歩くのが楽しみでな」

吉平もその笑顔につられた。

「へい、どうぞ、お取りください」

どれ、とうれしそうに手を伸ばす侍を、吉平は見つめた。気さくなよいお方だな……お役目で大坂ってことはお役人なんだろうか……。そう思いを巡らせる。

その目が腹に留まった。けど、このお腹、まるで太鼓のようだな……太鼓さんだ……。

笑いを噛み殺しながら、もぐもぐと食べ続ける侍を見た。

「おう、食った食った。どれ、十二文だな」

太鼓侍は腹を撫でながら、懐に手を入れた。巾着を取り出して、中に指を入れる。と、「おっと」と顔を上げた。

「しまった、小銭が足りぬ。これで釣りはあるか」

つまみ出したのは二朱金だ。

吉平はすぐさま首を横に振った。二朱は数百文になる。

「ありやせん」

むむ、と太鼓侍は顔を巡らせる。

「どこかで両替をするか」

どこで、と、吉平も顔を巡らせた。顔なじみになっている物売りは多いが、誰も両替できるほどの銭は持ってないことはわかっている。店か、とさらに顔をまわしたとき、その目が見開いた。橋を渡ってやって来た黒羽織に気がついたのだ。南町奉行所の同心、矢辺一之進だった。一之進も気づいて、早足になった。

近づきつつ、一之進は二朱金を掲げた侍に目を向けていた。

吉平の横に来ると、一之進はそっと「どうした」と問いかけた。

「ああ、いや」太鼓侍は小さな金を持った手を振る。

「小銭がなく、困っていたのだ」

「へい」吉平は一之進に笑顔を向けた。

「海苔巻きを買ってくだすったんですが、こちらも釣り銭がなくて」

「なんだ」一之進も面持ちを弛める。

「そういうことでしたら、わたしが立て替えましょう」

一之進は巾着を取り出すと、吉平に微笑んだ。

「いくらだ」

「十二文で」

うむ、と一之進は小銭を数えて、吉平の掌(てのひら)に載せる。

「いや、しかし、それでは……」

困惑を顕(あら)わにする太鼓侍と、一之進は向き合った。

「この商いは日銭が入らなければ、仕入れができなくなりますゆえ、これが得策かと。次にお越しの際に、この吉平に返していただければ、けっこうです。この者とは、いつも顔を合わせておりますので」

「ほう、さようか」太鼓侍はほっとして手を下ろした。

「なれば、そういたそう、かたじけない」

「なんの……吉平の海苔巻きは味や巻き方を変えたりしますから、これからも贔屓(ひいき)にしてやってください」

一之進の言葉に、侍は「うむ」と頷いた。

「旨かった、また参る」

踵(きびす)を返して歩き出すと、すぐに侍は振り向いて一之進を見た。

「そなた、北か南か、名はなんと申す」

「は、南町奉行所同心、矢辺一之進と申します」

「ふむ、助かった、礼を言う」

侍は笑みを残して人混みに消えて行った。

吉平は一之進を見た。

「お役人のようですが、ご存じですか」

いや、と一之進は首をひねった。

「だが、身なりからして大身（たいしん）の旗本であろうな」

へえ、と吉平はやりとりを思い出して微笑んだ。

「食いしん坊のお旗本か……気さくないいお方でしたよ」

「うむ、旗本にもいろいろいるのだ」

一之進は笑みを浮かべて「ではな」と歩き出した。


夕刻。

吉平は空になった岡持に蓋をして、歩き出した。が、広小路の隅にいる屋台で、足を止めた。

「おう、吉平か、帰るのかい」屋台の向こうから、茂三（しげぞう）が声をかけてきた。

「売り切れたか、よかったたな」

「うん、茂さん、蕎麦おくれ」

寄って行くと、茂三は手早く蕎麦を盛り、「あいよ」と目尻に皺を寄せて、丼を差し出した。

湯気を顔に受けながら蕎麦を手繰り、吉平は目を横に向けた。

屋台には掛け行灯の看板が掛けられている。四角い行灯の表には二八そば、と書かれ、右脇にはつるつるうまい、左脇にはつる屋という屋号が書かれている。

かつて父の店に掛けられていた行灯が、胸の奥に甦る。表には江戸一の屋号、脇にはめしと煮売の文字が書かれていたものだった。

つゆを残らず飲み干すと、

「ごっそさん」

吉平は丼を返した。

その手を伸ばして、そっと掛け行灯に触れた。

いつかまた、おれも掛け行灯を掛けてやる……。そう口中につぶやいて、足を踏み出した。

その足を数歩も進めないうちに、

「待ちな」

と、声が追って来た。

自分のこととは思わずに進む吉平の前に、男が駆け込んで、立ち塞（ふさ）がった。

「待てと言ってんだろうが」

吉平は、目を見開く。

男は肩を斜めにして、右手を懐に入れている。ほつれた鬢（びん）の髪がかかった左の耳は下半分がない。切り落とされたのだろう。が、そんな耳に見覚えはなかった。

「やい、てめえ」

そう言って踏み出す足に、吉平は思わず半歩、引いた。

なんだ、こいつ……。腹にぐっと力を入れる。

男は曲がった口をさらに歪め、

「てめえの海苔巻きを食ったら、腹ぁ下したぞ、どうしてくれるんだ」

唾（つば）を飛ばした。

「いつですか」

吉平が唾を呑み込みながら、男を見つめると、

「あぁん、昨日だよ」

男は肩を揺らした。

周りの人々はちらりと見ながらも、通り過ぎて行く。

「医者にかかって薬礼をはたいたんだ、払ってもらおうか」

吉平は息を吸って、背筋を伸ばした。

「ほかのお客さんからは、そんな話は出ていませんけど」

「なんだとぉ」男は声を太くする。

「おれが言いがかりをつけてるってえのかよ、あぁ」

身を乗り出してくる男に、吉平は身を反らす。

どうする、と頭がぐるぐるとまわっていた。金を巻き上げようとしているのは明らかだ……出すか……いや、それをすればまた来るかもしれない……。

「そら」男は吉平の胸ぐらをつかむ。

「とっとと出しゃあいいんだよ」

男が膝を上げた。その膝で吉平の腹に蹴りを入れる。

「うっ」

呻（うめ）き声とともに、吉平の手から岡持が落ち、身が折れる。

「おい」

声が上がったのはうしろからだった。

茂三が近寄ってくる。

「あんちゃん、海苔巻きのせいってのは、勘違いじゃねえのかい。こいつの海苔巻きで腹痛(はらいた)を起こしたやつなんざ、今まで一人だっていやしねえんだ、当たったのは、ほかのもんかもしれねえぜ」

「なんだと。おれはこいつと話してんだ、じじぃはすっこんでな」

男は吉平から手を離すと、肩を怒らせた。

それに向き合って、茂三も胸を張る。

「おれらみてえな小商いからゆすろうとしねえで、もっとでけえのを相手にしちゃあどうだい」

「ゆすりだとぉ、そっちこそ言いがかりをつけんじゃねえよ」

男は手を振り上げ、拳(こぶし)を茂三の鳩尾(みぞおち)に打ち込む。

「やめろ」

吉平が、男に肩から突っ込んでいく。

体当たりをされた男はよろめくが、すぐに立て直して、拳を振った。

「この野郎っ」

吉平の顔を殴る。

「よしやがれっ」

茂三も拳を振る。

男はそれを躱すと、茂三の腕を捻り上げ、地面へと投げつけた。

転がりながら、茂三は肩を押さえる。

その音に、周りからざわめきが起きた。

いつの間にか、人が集まっていた。

外からも人の足音が立ち、近づいて来る。

「なんだ」

「狼藉だよ」

「おい、役人を呼べ」

「どうしたっ」

足音が立った。男らが駆けて来る。

駆けて来た男の中には、棒を持つ者もいた。脇差しを手にしている者もいる。

広小路で物売りをしたり、店を出している男達だ。

耳の欠けた男はそれに目を向けると、ちっと唾を吐いた。踵を返すと、両国橋へと走り出す。人々を突き飛ばしながら、男は橋を渡って行った。

「おい」

人々が地面に転がった茂三の周りに集まる。

「大丈夫か」

「誰か、医者を呼んでくれ」

吉平も茂三の横にしゃがんだ。

「茂さん」

おう、と茂三は歪んだ顔を上げた。

「でえじょうぶだ。おめえはなんともないか」

言いつつ、吉平の腫(は)れた顔を見て眉を寄せた。

「あの野郎、ふざけやがって。知った顔か」

「いや」と吉平は首を振る。

「見たことねえ、海苔巻きを売った覚えもありやせん」

「ふん」茂三が鼻息を洩らす。

「やっぱりゆすりたかりだな」

言いながら身を起こす茂三に、店の者らが手を貸した。皆、口々に言い合う。

「売れてるってぇ評判を聞いて、金を巻き上げようと思ったんだろう」

「ああ、吉平は若いから簡単だと踏んだんだろうよ」

「見たことのない男だったな」

そこに足音が駆け込んで来た。

「医者を呼んできたぞ」

人の輪をかき分けて、医者が寄って来る。

「肩か」茂三の肩を探りながら、

「外れてるな」

と、つぶやく。

「ちいと、我慢だぞ」

そう言うと、医者は力を込めて、肩を入れた。

茂三はぐっと唇を嚙みしめ、息を呑んだ。

「さ、これで大丈夫だ」

医者はその肩をさすると、茂三の顔を覗き込んだ。

「だが、しばらくは痛むだろう。肩を使ってはいかん」

へい、と茂三は目を歪めながら、ゆっくりと立ち上がった。

「あ、それじゃ」吉平も立ち上がる。

「あたしが屋台を担いで行きます」

周りの男達が頷く。

「おう、それがいい」

「そいじゃ、あたしが吉平の岡持を持ってあげよう」

「おれも手伝おう」

男達が寄って来る。

「茂さんのとこは、本所だったな」

本所は両国橋を渡った所だ。

「ざまあねえや」茂三は苦笑する。

「すまねえな、みんな」

いいや、とその背が叩かれる。

「歳なんだ、無理しなさんな」

吉平は皆に深々と頭を下げた。

「すいやせん、皆さん」

なあに、と笑いが起きる。

「気にすんな」

「さっ、行くぞ」

一行は橋へと進み出した。

二

翌日。

吉平は朝から本所へと向かった。

昨日、送り届けた茂三の長屋は、吉平の住む深川に近い町だった。

長屋の木戸をくぐった所には、茂三の屋台が置かれている。

「茂さん、いますか、開けますよ」

吉平は長屋の戸を開ける。

「おう」土間に立った茂三が顔を向けた。

「なんだい、吉平じゃねえか」

竈(かまど)の前で、鍋の中をかきまわしている。

「起きてていいんですか」

吉平が入って行くと、茂三は笑顔になった。

「ああ、でえじょうぶだ。心配でわざわざ来てくれたのか」

「へい、あたしのせいで怪我を負わしちまったんですから……あの、握り飯を持って来ました」

　手にしていた包みを差し出すと、茂三は笑顔を少し歪ませて受け取った。

「なんでえ、いいんだよ、気ぃ使わなくて。飯くらい作れるんだから」

　鍋から立ち上る匂いに、吉平は首を伸ばす。

「あ、あさりを煮てるんですね」

　おう、と茂三は頷く。

「屋台はさすがに担げねえから、あさりの時雨煮（しぐれに）を近所に売ろうと思ってな。なんにもしてねえと、身体が腐っちまうからな」

　へえ、と吉平は覗き込む。

「生姜（しょうが）を大きいまま入れてるんですね」

「おうよ、夏の新生姜は柔らけえから刻んで混ぜるけど、古根（ひね）は固いからな、最後に取り出すんだ。けど、これを刻んで飯に載せると旨いんだぜ」

　へえ、と吉平は横に並ぶ。

「味付けは醤油（しょうゆ）と味醂（みりん）ですか」

「いいや、味醂は使わねえで、酒と砂糖を入れるんだ。そのほうが旨い」

茂三は箸であさりをつまむと、「それ」と吉平に差し出した。それを掌で受け、吉平は口に運ぶ。

「あ、ほんとだ、旨い」

な、と茂三は目を細める。

「おれぁ、昔、煮売屋で奉公してたんだ。だから、時雨煮なんか得意さ」

へえ、と吉平は鼻を動かす。

「あ、それなら……この時雨煮を売ってください。海苔巻きの具にします」

「あん……そいつはかまわねえけど、気ぃ使ってのことなら無用だぜ」

「いえ、そんなんじゃ……具はいろいろと変えたほうが喜ばれるんです。いつも、昼前は近所の深川で売り歩いてて、お馴染みさんが多いんですけど、皆さん、舌が肥えてるもんで。なのに、うちは小っさい竈一個っかないんで、たくさんは作れないし……」

「ああ、そういうことかい……そうか、住んでるのは深川だったんだな。だから両国には午後になって来てたってわけか」

「へい、そうなんでさ。長屋は深川の黒江町なもんですから、昼前は木場だのあちこちをまわってるんで」

「そうかい、なら、遠慮なく買ってもらおうか」

言いながら、茂三は鍋を竈から下ろした。

「けど、少し待ちな、冷めて味がしみ込むから」

茂三が上がり框(かまち)に腰を下ろすと、吉平も横に座った。

茂三は肩をさすりながら、苦笑する。

「まさか、やられるとはな……おれぁ、昔は腕を鳴らしたもんだから、まだやれると思ったんだが」

「いや」吉平が頭を掻く。

「あたしが弱いから悪いんで……」

その顔を茂三が覗き込んだ。男に殴られた吉平の顔は、左が腫れている。

「痛(いて)えだろ、ったく、あんの野郎……おめえ、当分は両国に出ねえほうがいいぞ。あのごろつき、仲間を連れて戻って来ねえとも限らねえからな」

「へい……どのみち、もうすぐ大晦日(おおみそか)だし、当面、両国はやめときます」

「おう、それがいい」

茂三は立ち上がると、鍋の蓋を開けた。湯気とともに、香ばしい甘みを含んだ醤油の匂いが広がる。

その中身を瓶に移すと、茂三は吉平へと差し出す。

懐から巾着を取り出すと、吉平はそっと畳の上に置いて、瓶を受け取った。

ぬくもりの伝わる瓶を抱きかかえて、吉平は、

「また来ます」

と、頭を下げた。

「おう、けど毎日じゃなくていいぜ。また別の時雨煮を作っとくよ」

へい、と吉平は瓶を抱えて外へと出た。

木枯らしの道を深川へと戻った。

瓶を抱えて、吉平は黒江町の権兵衛長屋に戻った。

井戸端を通ると、「おい」と声がかかった。

右隣に住んでいる浪人の狩谷新左衛門が、水を汲んで顔を上げたところだった。

吉平は思わず肩をすくめる。

新左衛門は吉平の腫れ上がった顔を覗き込んだ。

「またやられたのか」

以前にも、怪我を負った姿を新左衛門に見られていた。吉平はそれを機に、新左衛門から剣術を習うことになり、今でも時折、稽古をつけてもらっていた。それ以来、吉平は新左衛門を先生と呼んでいる。

吉平は肩をすくめたまま、上目になる。

「町のごろつきに、いきなり胸ぐらをつかまれまして……」

ふうむ、と新左衛門は口を曲げる。

「町人の諍いには剣術は役に立たぬ、ということか」

よし、と新左衛門は手を上げた。

「庭に出ろ」

そう言って裏庭に向かった。

長屋には裏庭があり、剣術の稽古はそこでつけていた。

「はい」

吉平も後に従った。

向かい合った新左衛門は、足を踏み出して間合いを詰めてきた。

「武術には柔術というものがある。胸ぐらをつかむような接近戦では、剣術は役には立たぬ。柔術が有効である」

はあ、と背筋を伸ばす吉平に、

「来い」立った新左衛門が手で招く。近づくと、

「胸ぐらをつかめ」

と、命じられた。

ためらいつつも着物の胸元をつかむと、新左衛門も手を伸ばして、つかみ返してきた。と、すっと腰を落とす。

「こうして上体を落として、身体をまわすのだ」

半分、身体をまわすと、こんどは脚をまわした。

「で、脚を相手のうしろにまわし、思い切り払う……」

まわした脚は、吉平の脚に当たったところで止められた。

「わかるか」

「はい」

頷く吉平に、身体を戻した新左衛門が顎をしゃくる。

「では、やってみろ」

新左衛門は吉平の胸ぐらをつかむ。吉平もつかみ返し、見たとおりに、腰を落とした。身を半分まわして、脚も大きくまわす。

それを勢いよく、新左衛門の脚に当てた。

「うぉっ」

声と同時に、新左衛門の身体が倒れる。地面に打ち付けられて、大きな音が鳴った。

「あっ」

身をかがめる吉平に、

「馬鹿者」

と、新左衛門の怒声が飛んだ。

「本気で払うやつがあるか」

「すみません」

新左衛門の腕を引き上げながら、吉平は頭を下げる。

立ち上がった新左衛門は口をへの字にしつつも、吉平を見た。

「だが、コツは呑み込めたようだな」

「はい」吉平は首を縮める。

「あの、あとでお礼とお詫(わ)びに握り飯をお持ちします。旨いあさりの時雨煮が手に入ったので」

新左衛門は甘辛い味が好きなことを知っている。曲がっていた新左衛門の口が弛んだ。

「うむ、なれば許す」

笑みを噛み殺す顔に、吉平もほころびそうになる頬に力を込めた。と、腫れた頬に痛みが走り、吉平は苦笑する。

「顔は冷やせよ」

新左衛門はその頬を指さして、神妙に頷いた。


吉平は一日置きに、茂三の長屋へ通った。

茂三の作る時雨煮は小海老(こえび)や鰻(うなぎ)、穴子(あなご)や椎茸(しいたけ)など、いろいろに変わる。食材によって味付けは異なり、それぞれの作り方を、吉平は教わった。

大晦日がやって来て年が明け、正月の松の内もあっという間に明けていった。

三

一月十日過ぎ。

茂三の長屋を訪ねた吉平は、木戸の下で足を緩めた。茂三の家から、若い男が出て来たためだ。

すれ違って、吉平は長屋を出て行く男を見送った。

「茂さん、吉平です」

そっと戸を開ける。

「おう」と茂三は畳の上で顔を上げた。

「上がんな、時雨煮は赤貝で作っておいたぜ」

はあ、と吉平は座敷に上がる。

「お客だったんですかい」

ああ、と茂三は横にあった屋台の掛け行灯を手に取った。屋台から外して、ずっと部屋に置いたままだった。

「さっき出て行ったのは、倅だ」

「えっ……息子さんがいたんですか」

吉平の驚きに、茂三は苦い笑いを吹き出す。

「ああ、こんなおれでも子がいるのさ。前にはな、女房と娘もいたんだ、ずっと前に流行病で逝っちまったがな」

吉平は言葉を探すが、見つからないまま茂三の手元を見た。

掛け行灯を手で撫でている。

「女房はおつるっていったんだ」

「あ、だから、つる屋……」

「ああ……」茂三はその文字をじっと見つめる。

「若い頃は、好き勝手をやって苦労させたもんだ。けど、子供らが大きくなってきて、そろそろ性根を入れ替えるか、と思った矢先に質の悪い風邪が流行ってよ、あっけなくおつると娘のおとよまで死んじまった」

そうでしたか、と吉平は声にならないつぶやきを返す。

「それで自棄になっちまってよ、煮売屋をやめて、酒をくらってたんだ。したら、倅は愛想を尽かしたんだろう、出て行っちまいやがったのさ」

吉平は同じつぶやきを繰り返す。

「いや」茂三は苦笑する。

「便りはあったんだぜ、植木職人の見習いになったってな。あいつは真面目だから……ああ、違うな、おれを見てああはなるまい、と思ったんだろうな……」

へへん、とうつむいて鼻で笑う。

吉平はその顔を見つめた。

「けど、訪ねては来るんですね」

「ああ……何年ぶりかな……お節介な野郎が、おれの怪我を知らせたらしい。それで来てくれたってわけだ」

すん、と鼻を鳴らすと、茂三は顔を上げた。

「そんでな、来てくれてちょうどよかった。時雨煮は今日ので終(しま)いだ」

「えっ……どういうことですか」

「倅がうちに来いって……あいつ、染井村(そめいむら)で植木職人をやってるんだが、もういっぱしになって所帯も持ったんだってよ。家は広いから、住めばいいって言いやがった……孫も生まれるんだとよ」

目元を赤くする茂三に、吉平は頷く。

「そりゃあ、いい話じゃないですか」

へへへ、と茂三は照れた笑いを浮かべる。

「まあ、だからここは引き払う、そうだ、吉平、鍋、持っていっていいぞ。ほしいものはなんでも持って行け」

「いいんですか」吉平は竈を振り返った。

「そいじゃ、お櫃とまな板もいいですか」

「おう、いいとも。包丁と砥石だけは持って行くが、あとはなにもいらねえ。残った物は、みんな売っ払う」

吉平は茂三に顔を向けた。

「あの屋台も」

「ああ、売る。ありゃ、ああ見えていい物なんだ。知り合いの大工に頼んで、一番軽くて丈夫な木を使って、造ってもらったんだ。長年使ったけどさほど傷んでもいないし、まあ、少なくとも六両にはなるだろう」

「六両」

吉平は口中でつぶやく。

茂三は立ち上がると、棚から袋を下ろした。

「こりゃあ、胡麻と七味、それに山椒だ、使うだろう」

「へい、ありがとさんです」吉平はそれを懐に入れると、立ち上がった。

「そいじゃ、この時雨煮もいただいていきやす」

「おう、もう銭は要らないよ、餞別だ。入り用の物は、あとでおいおい、取りに来な」

茂三が笑顔で、なんでも持って行けとばかりに手を振る。

吉平は頭を下げると、外へと出て行った。

道を歩きながら、吉平は口を小さく動かしていた。

六両、とつぶやき続ける。

六両なんて、大金だ……けど……一両くらいなら作れるんじゃないか……それにしたってあと五両か……。

つぶやきはだんだんと声になってくる。

自分の声に気がつき、吉平は足を止めた。

じっと前を見つめ、その目を空に向けた。二つの顔が浮かんだ。なんとかなるかもしれない……。そうつぶやきつつ、深く息を吸い込む。

「よし」そう声に出すと、吉平は身を翻(ひるがえ)した。

来た道を駆けて戻って行く。

「茂さん」

戸を開けて、吉平は飛び込んだ。

目を丸くする茂三に、吉平は腰を折った。

「屋台、おれに売ってください」

ええっ、と茂三が身を反らす。

「あの屋台をかい……吉平が買いたいのかい」

「へい」身を戻すと、まっすぐに見返した。

「いつか、屋台をやりたいと思ってたんです。店は無理だけど、屋台ならなんとかって……そこに、江戸一の掛け行灯を掛けたいんです」

茂三の口がもごもごと動く。

「そうか……そういうことかい……」

その顔が天井を見上げた。しばし、見上げたあと、茂三は顔を戻して吉平を見た。

「よし、わかった、なら三両でいい」

「えっ……」

丸くした吉平の目に茂三が頷く。

「すまねえな。ただでやりてえところだが、倅の家に手ぶらで行くわけにもいかねえんだ」

「いえ」吉平は駆け寄って、上がり框に脚をぶつけた。

「いてっ……いや、ほんとにいいんですかい、三両で」

「おうっ、おめえに使ってもらうんなら、屋台だってうれしかろうよ、おれだって気が安まらあ」

胸を張る茂三に、吉平はまた腰を折った。

「ありがとさんです」

その顔を上げる。

「三両、なんとか工面（くめん）しますんで」

おう、と茂三が頷く。

「悪いな、おめえにそんな大金……」

「いえっ」

吉平は笑顔を向けると、くるりと身をまわした。

「それじゃ、また来やす」

勢いよく、外へと飛び出した。

吉平はその足で、福助（ふくすけ）長屋へと走った。

父の吉六（きちろく）が生きていた頃に、暮らしていた場所だ。母のおみの、妹のおみつ、弟の松吉（まつきち）との五人で暮らしていた長屋だ。

走る吉平の脳裏に、その頃のことが甦る。

父の死で、母は粥さえ食べなくなり、げっそりと痩せた。夜半に目覚めると、座ったままうつむく母の姿がそこにあった。

やがて、町名主や差配人らの口利きで、一家は散り散りになった。母は松吉を連れて八百屋の後添いに入り、おみつは娘がほしいという煙草屋にもらわれて行った。新しい家に馴染むためにもう会わないほうがいい、という母や人々の意で、行き先は明かされなかった。

吉平自身は、すでに十二歳になっていたため、どこかの養子になることはなかった。代わりに料理茶屋の鈴乃屋に奉公に上がったのだ。

そこで五年の年季が明け、独り立ちしたのが去年の一月だった。が、今も吉平は母と弟妹がどの町でどうしているのか、わからないままだ。

福助長屋に駆け込み、吉平は手前の戸を叩いた。

「差配さん、いますか」

中から「誰だい」という声が返ってくる。

「吉平です、徳次さん」

おう、と声が高くなる。

「入りな、開いてるよ」

へい、と吉平は入って行く。

徳次は火鉢に手をかざして、笑顔を向けた。

「おう、顔が元に戻ったな」

吉平は、世話になった徳次に、盆暮れの挨拶を欠かしたことはない。暮れに来たときには、殴られた顔の腫れがまだ残っており、徳次を心配させていた。

へい、と吉平が顔を撫でながら座敷に上がり込むと、徳次は、

「どうしたい、今日は」

穏やかに微笑んだ。

「すいません」吉平はいきなり畳に手をついた。

「お願いがありまして……お金を借りたいんです」

んん、と徳次が首を伸ばす。

「おまえが金とは、いったいどうしたね。わけを聞こうじゃないか」

へい、と吉平はいきさつを話す。

「ほう、そいつはいい話じゃないか」徳次は身を捻ってうしろに手を伸ばした。

「ならば……」

引き出しの中から小さな壺を取り出すと、前に置いた。

「三両は無理だが……」

徳次は壺をひっくり返して、じゃらり、と中身を畳に落とした。一朱金や二朱金が散らばる。

「どれ、ひい、ふう、みい、よつ……」

徳次は二朱金の小さな板を数えていく。

「やぁ、と……そら、一両だ」

あ、と顔を上げる吉平に、徳次は頷いてまた指を動かした。

「まだある、ひい、ふう、みい……」

八枚を数えて、二つの小山を作った。

「これで二両、終いだな」

徳次は苦笑しながら、残った少しの一朱金や二朱金を壺に戻す。

「そら、持ってきな」

二つの小山を手で押すと、徳次はにっと笑った。

吉平はその顔を見上げ、額を畳につけた。

「ありがとうございます」

いや、と徳次は腕を組む。

「足りなくてすまないね。あと一両はどうする」

へい、と吉平は顔を上げる。

「金造さんに相談してみようかと」

金造は吉平が暮らす長屋の差配人だ。鈴乃屋を出た吉平は徳次を頼ったものの、この福助長屋には空いた部屋がなかった。ために、徳次が金造の長屋に口利きをしてくれたのだ。

「金さんか……気前のいいお人じゃあないが、まあ、一両くらいなんとかしてくれるだろう」

徳次が頷く。

「えっと、そいじゃ証文を……」

吉平がかしこまると、徳次はところどころ抜けた歯を見せて笑った。

「んなもの、いらないよ。おまえのこった、すぐに稼いで返してくれるだろ」

「あ、そいじゃ、利息はいくらに……」

はっはっ、と徳次が声を放つ。

「んなものだっているもんかね、利息なんぞとったら、あの世の吉六さんに怒られちまう、あたしの面目だって立ちゃしないだろ」

「けど……」

「ああ、そいじゃ」徳次が真顔になった。

「こうしよう、屋台をはじめたらときどき行くから、旨い物を食わしておくれ。それが利息だ」

ん、と顔を突き出す徳次に、吉平はかしこまって身を折った。

「このご恩は忘れません」

「なあに」徳次の手が吉平の肩を起こさせる。

「恩は着るもの、着せぬもの、だ。吉平もそれは覚えておおき」

へい、と身を戻す吉平に、

「そら、お行き。いいことは、逃げられないうちに捕まえるのが肝要ってもんだ」

また笑顔になった。

へい、と再び頭を下げながら、吉平は長屋を出た。

歩くうち、また小走りになっていく。

「差配さん」

権兵衛長屋に駆け込むと、吉平は金造の家の戸を叩いた。

「おう、吉平か、へえんな」

「すいません」

上がり込んだ吉平は、すぐに向かい合って手をついた。

「実は……」

と、徳次にしたのと同じ話を繰り返す。

「へえぇ、いい話じゃねえか。で、徳さんは貸してくれたのかい」

「へい、二両、貸してくだすって。なので、あと一両、貸してもらえれば、ありがてえんです」

吉平が手をつく。

ふうん、と金造が身を捻る。その手を伸ばして、うしろの棚から壺を取り出した。

また壺だ……。吉平はそれを見た。差配さんといえば壺なんだろうか……。徳次の物よりは大きい。

金造は蓋を開けると、中に手を突っ込んだ。

握った手を開くと、それを目で数え、指でつまんだ二朱金と二分金を畳に並べた。

「まず、これで一両。それと、ひい、ふう、みい……」

さらに、並べていく。

「あ、いえ」吉平は手を上げた。

「一両でいいんです。三両にまけてもらったんで……」

ああん、と金造が上目を返す。

「徳さんが二両出したってのに、あたしが一両だなんざ、そんなケチ臭いことできるもんかね」

吉平は浮かびそうになる苦笑を嚙み殺す。

金造はにっと笑った。

「それにだ、屋台なら掛け行灯も作らなきゃならんだろう。箸だの丼だのも、いろいろと要りようにもなるってもんだ」

あっ、と吉平は口を押さえた。

金造は並べられた金の板を手で押し出す。

「さっ、持っていきな。金はなければ困るが、あって困るもんじゃない」

「へい」

吉平は深々と頭を下げる。いくども畳に擦(こす)り付けた額が、すりむけたように熱を持っていた。が、吉平にはそれが心地よかった。

四

一月十九日。

吉平はいつものように、朝から竈の前に立っていた。

茂三に譲ってもらった大きな鍋に砂糖や醬油を入れ、煮立ったところに剝いたしじみを投入した。すぐに香ばしい匂いが立ち上り出した。よし、いいぞ、と頷きながら、静かにかきまわす。その目を時折、すぐ横の戸口に向けていた。

十六日から十八日までの三日間は、藪入りだった。商家は奉公人に休みを与えるのが、習わしだ。実家に帰る者もいるが、町に繰り出す者もいる。職人らも休みになるため、吉平は木場へは行かず、深川の富岡八幡や永代寺の参道に出商いに行っていた。増えた人出で、海苔巻きも飛ぶように売れ、忙しい三日間だった。

吉平は鈴乃屋にいた頃のことを思い出す。

鈴乃屋では、その三日間はかき入れ時だった。藪入りで町に出た客がやってくるため、店の奉公人に休みを出すわけにはいかない。その代わり、藪入りが過ぎた十九日から、三日間の休みが与えられていた。

吉平はちらりと、腰板障子の戸を見る。と、その戸に手を伸ばした。障子に人影が映ったためだ。

「吉平、いるか」

その声と、戸が開くのが同時だった。

「おっ」

と、驚きの声が上がる。声の主は鈴乃屋の留七(とめしち)だ。

吉平よりも早くに店に入っていた留七は、二歳年上で、なにかと面倒を見てくれた。気が合い、友となるにも時はかからなかった。吉平が店を辞めたあとも、付き合いは変わらずに続いている。

「来ると思っていた」

吉平は戸を大きく開ける。と、今度は吉平が声を上げた。

「えっ、おはるちゃん」

留七のうしろから、おはるが姿を見せたのだ。

おはるも鈴乃屋の奉公人だ。吉平よりも一歳下で、遅れて女中奉公に上がったため、まだ五年の年季は明けていない。吉平はこのおはるを好きになり、おはるもまた吉平を慕っていた。

「へへん」と留七が笑って胸を張る。

「おはるちゃんにも、おまえの長屋を教えておいてやろうと思ってな、連れて来たのさ」

　おはるは小さく肩をすくめた。おはるの家も、ここから近い場所にある。

　吉平はうっすらと赤らんだおはるの顔に、息を呑み込んだ。少し見ないうちに、花が色づいたように艶やかになっていた。

「あっ……中、入るか。そうだ、茶を淹れよう」

「あ、いえ」おはるが手を上げて振る。

「あたしはここで。おっかさんが待ってるから」

「あ、あ、そうか……」吉平は小さな咳を払う。

「そうだな。そいじゃ、気ぃつけてな」

　こくり、と頷くとおはるは背中を向けた。振り返りながら、長屋を出て行く。

　見えなくなるまで見送った吉平の肩を、留七はぽんと叩く。

「礼はいいぞ。けど、また泊めてくれな」

「ああ」吉平は照れた笑顔をそむける。

「そのつもりで、布団も借りてある」

そうか、と入ろうとする留七の袖を、吉平は引っ張った。

「あ、待ってくれ、ちょっとこっちに……」

長屋の奥へと、吉平は袖を引いた。

奥には厠とごみ箱があるが、裏庭に続く空き地もある。

「見てくれ」

吉平はそこで足を止めた。

茂三から買った屋台がそこにあった。

「ん、なんだ、屋台じゃないか」近づいて手を伸ばした留七が、振り返る。

「え、って、まさかこれ……」

「うん」吉平が横に並ぶ。

「おれのだ、買ったんだ」

ええっ、と目を丸くして、留七は右に左にと覗き込む。右の棚には小さな火鉢があり、上には釜が乗っている。上の棚には丼が重なっていた。その下には引き出しがあり、その下には水桶が入っている。

「これぁ、蕎麦屋の屋台だよな」

見まわす留七に、吉平が頷く。

「うん、火鉢とかの備え物もそっくりつけてくれたんだ」

「へえ、そらぁ気前がいいな……しっかりした造りじゃねえか。こりゃ、いい値だったろうに」

「いや……わけを話すよ。茶を淹れるから」

吉平が身を返して歩き出すと、留七は屋台を振り返りながら付いて来た。

部屋に上がると、吉平は火鉢の上の鉄瓶で茶を淹れた。湯気を立てながら、これまでのいきさつを留七に話す。

へえぇ、ほう、ふうん、と相槌を打ちながら、留七の顔がほころんでいく。

「そうかぁ、そいつはありがてえ話じゃねえか。こんなに早く屋台が持てるたぁ、おまえ、ついているぜ」

「うん、茂三さんといい、差配さん達といい、ありがてえ」

ああ、と留七は茶を含みながら、目を上げた。

「けど、おまえが蕎麦屋をやるとはな」

「ああ、いや」吉平は首を振る。

「蕎麦じゃなく、ほかの物を売ろうと思ってるんだ」

「ほかの……なんでぃ」

首をひねる留七に、吉平も同じになる。

「ううん、それを今、考えてるんだ……あの屋台だと、それほど大した物は作れないし、なにを作ろうか、と」

ふうん、と留七も唸る。

「けど、楽しみじゃないか、考えるのもよ」

ああ、と吉平は笑顔になる。

留七はくん、と鼻を鳴らした。

「時雨煮か、今日も商いに出るんだろう」

「うん、職人さんらが今日から仕事だから、握り飯と海苔巻きを売りに行く。飯はもう炊いてあるんだ」

「そうか、なら、手伝うぜ」

「いいのかい、せっかくの休みだってのに」

「なあに、いいってことよ。これから借金を返すんだろ、気張んねえとな」

留七は懐から襷を取り出すと、ひらりとまわして袖をからげる。

吉平は土間に立った留七の隣に立つと、その横顔に笑みを向けた。

「旨い握り飯と海苔巻きだよぉ」

留七が声を張り上げると、木場の若い職人が寄って来た。

「おっ、吉平、相棒ができたのかい」

「いや、三日だけ手伝ってもらうんで」

そう返す吉平に、職人は上体を反らした。

「えらいなぁ、吉平は。藪入りのあいだも商いしてたろ、休まねえのかい」

「へい、働いてたほうが気持ちがいいんで」

吉平の言葉に、通りかかった親方が足を止めた。

「おう、その意気だ。どら、海苔巻きをもらおうか」

「へい、毎度」

「じゃ、こっちは握り飯だ」

男達がやって来て、岡持は軽くなっていった。

木場でひとしきり売り歩くと、二人は富岡八幡宮に向かった。江戸で一番大きな八幡様として知られ、長い参道にはいつも人が溢(あふ)れている。ここでは海苔巻きがよく売れた。

「この海苔巻きはしじみの時雨煮なんだな」

　留七は中を見ながら言う。

「うん、しじみは安いからね。借金を早く返さなけりゃならないから、いろいろ考えたんだ」

「へえ、おめえは店を辞めてから、あっという間に一人前になったな」

「いやぁ、そうなんなきゃやってけないだけさ」

　二人は歩き出し、隣の永代寺へと移った。広い境内(けいだい)には、立派な庭に池もあって、こちらも人出が多い。

「少し休もう」

　吉平は池の端に腰を下ろした。

　池には鴨(かも)が浮かび、鷺(さぎ)も飛び降りてくる。

「そういやぁ」留七が、口を開いた。

「鈴乃屋のおみよお嬢さん、縁談が調(ととの)ったぜ」

「え、誰と」

　鈴乃屋には三人の娘がいる。長女のおきぬはすでに番頭と夫婦(めおと)になっていた。鈴乃屋を継ぐことも決まっている。次女のおみよと末娘のおいとは、店の料理人の誰かと一緒になるはず、と皆が言っていた。主の弥右衛門は、暖簾分けをして店を出してやる、という話もしていた。

店には料理人頭の虎松とその下に竹三がいる。さらに下には辰吉と留七がいるが、下の二人は、暖簾分けしてほしいという考えがない。

「虎松さん、いや、竹三さんかい」

吉平の問いに、留七は首を横に振る。

「いやぁ、それが乾物問屋に嫁ぐことになったんだ。なんでも、そこの倅とおみよさん、旦那さんが知らないあいだに恋仲になってたらしくてな」

「へえぇ」

「まあ、相手は大店の倅だから、かえっていい縁だって旦那さんは喜んでる。じきに祝言を挙げるそうだ」

ふうん、と吉平は池の水面を見た。店にいた頃、吉平、と呼びかけてきたおいとの顔が、水紋に浮かんで消えた。

末娘のおいとは同い年の気安さもあって、吉平によく話しかけてきた。そこに情が生まれ、すぐにおいとの情が恋心に変わったことに、吉平は気がついていた。その恋心には、ほかの料理人や主までが気づくようになっていた。が、吉平自身は主の娘ということが堀のように感じられ、恋には変わらなかった。苦労知らずのおいとの言葉や振る舞いには、心が繋がるとっかかりがなかったことも大きい。そこに女中としてやってきたのがおはるだった。病の父のため、と奉公を決めた健気なおはるに、吉平は惹かれていった。

主の弥右衛門の言葉が耳に甦る。

〈おいとと一緒になれば、暖簾分けもしてあげるつもりだ〉

それが、吉平に店を辞める決意を固めさせたのだ。

水面を見ながら、吉平は横目で留七を見た。

「それじゃ、虎松さんと竹三さんが競い合いになるな」

おみよが出て行けば、夫婦になれる相手はおいとしかいない。

「ああ、端で見ていても、その気合いがわかるよ。けど、おいとさんが渋っていて、話が進まないらしい。旦那さんが困ってるみてえだ」

留七は、おいとが吉平を好いていたことを知っている。

吉平が眉を歪めると、留七はその肩を叩いた。

「ま、おまえはもう辞めたんだから、気にすることはないさ」

そう言うと、留七は立ち上がった。

「さ、残りを売っちまおうぜ。そいで、旨い物と酒を買って帰ろう」

うん、と吉平も腰を上げる。

人の多い参道で、留七がまた声を上げた。

「旨い海苔巻き、売り切れちまうよぉ」

五

朝、目覚めた吉平は、隅に積んだ布団を見た。

留七は二晩泊まって、昨夜、店に戻って行った。

よし、と吉平は声に出して起き上がる。

「今日からまた両国に行くぞ」

留七と語り、笑い合ったことで、力が湧いていた。

竈の前にしゃがむと、吉平は火をつけ、赤く揺れる炎を見つめた。

昼まで深川で売り歩き、午後、吉平は両国橋を渡った。

「おっ、吉平じゃねえか」

飴(あめう)売りが笑顔を向ける。

「おう、久しぶりだな、怪我は大丈夫か」

天ぷら売りが屋台から身を乗り出した。

「へい、おかげさんで」

頭を下げながら、吉平は近くの店にも顔を出す。

「あんときは、お世話になりました」

「なあに」と、出て来た主が胸を張る。

「なにかありゃあ、いつでも呼びな」

「ありがとうございます」

吉平は、ひとまわりすると、広小路の隅に立った。

「今日の海苔巻きはなんだい」

馴染みの水茶屋の女将(おかみ)や矢場(やば)の若い者がやって来る。

と、前を通る中間(ちゅうげん)が足を止めた。

吉平の持つ岡持を覗き込み、

「江戸一か」

と、吉平を見た。

「へい、さいで」

「ほう、そうか」

と、中間は去って行く。

「なんでい、ひやかしかい」

矢場の男は海苔巻きを囓り（かじり）ながら、肩をすくめた。

夕刻。

軽くなった岡持を手に、吉平は空を見上げた。

茜色（あかねいろ）に染まった雲が、広がっている。

見上げて眇（すが）めた目の奥に、三つの顔が浮かんできた。父が店をやっていた頃、手伝いに来ていた母は、夕暮れが深まると、おみつと松吉の手を引いて長屋に帰って行ったものだった。

どうしているのか……。そうつぶやきそうになり、吉平は顔を横に振った。

「おう」そこに声が飛んできた。

「来たのだな」

寄って来る侍に、吉平は「あっ」と顔を戻した。

太鼓腹の侍だった。

侍は懐に手を入れると、小さな紙の包みを取り出した。

「さ、借りた十二文だ」

へい、と吉平が受け取ると、にっと笑顔になった。

「いや、あれから気になったゆえ、使いの者を出したのだ。したが、江戸一なる物売りは見当たらなかった、ということでな、そのままになってしまった。されど、今日は出ていたというので、やって来た」

「え、わざわざですか」

ああ、あの中間か……。吉平は腑に落ちる。

「うむ、いや、町に用もあったのだ。して……」

太鼓侍は岡持を覗き込んだ。

「今日の海苔巻きはなにか」

「あ、へい、こっちが穴子、こっちのが蕗の薹、今日はもうそれっか、残ってませんで」

「ほう、蕗の薹とは、いかような味か」

「刻んだ蕗の薹を味噌で炒めてあります。砂糖を加えて、甘辛い味にして」

「ふうむ、では、一つもらおうかの」

侍は手に取ると、口に運んだ。頬を動かすと、顔まで動かして頷く。

「うむ、これはなかなか……蕗の匂いがよいな」

「へい、蕗の薹はもう終いです、薹が立っちまうんで」

「なるほど、時季のものか……どれ、こちらは穴子だな」

侍は穴子巻きを手に取る。

口を動かすにつれて、目が細くなっていく。

「うむ、旨い」手の海苔巻きはたちまちに消えた。

「もう一本、もらうぞ」

侍はまた手を伸ばす。

その弛めた目元に、吉平もつられる。

「ちょいと濃いめの味にしてありやす」

「うむ、甘辛いのがちょうどよい」

侍は飲み下すと、じっと岡持を見つめた。

「もう一本、残っておるな」

「へい、穴子はこれっきりで」

「ふむ」と、侍は鼻を膨らませた。

「では、わたしが決着をつけて進ぜよう。武士は潔く(いさぎよ)あらねばならぬ」

吉平は吹き出しそうになるのを、ぐっと呑み込んだ。太鼓さんは、ほんとに食いしん坊だな……。

太鼓侍は最後の穴子巻きを食べ終わると、満足げに腹に手を当てた。

「実を申せばな、わたしは穴子が好物なのだ。いや、よい味であった」

笑顔のまま、巾着を取り出す。

「今日は小銭を持って来たゆえ、安心いたせ」

二十四文を吉平の掌に載せると、辺りを見まわした。

「あの同心、矢辺殿といったな……礼を伝えておいてくれ」

「へい、じきに会えると思いますんで」

うむ、と侍は背を向けながら、振り返った。

「また参る」

「へい、お待ちしてやす」吉平は頭を下げる。

「また穴子をやりますんで」

うむ、と侍は笑顔を残して、去って行った。

そうだ、と吉平はつぶやく。穴子、いいじゃないか……。

鍋をかきまわして、吉平は鼻を動かす。

もう、十日ほど、吉平は商いから戻っては鍋に向かっていた。

どうだ、とつぶやいて、しゃもじを鍋に差し入れた。茶色いタレをすくい上げ、口に含む。と、その目が見開いた。さらにしゃもじを動かして、口に運ぶ。

舌を動かして、よし、と頷いた。

翌朝。

吉平は丼を手に、福助長屋へと駆け出した。

「徳次さん、吉平です」

差配人の家の戸を、返事を待たずに開ける。

「おや、どうしたね」

箱膳に向かっていた徳次が、箸を持つ手を止めた。

徳次の膳は、長屋のおかみさんらが交替で運んで来る。

「あ、朝飯ですね。ちょうどよかった」

吉平は勝手に上がり込んでいくと、手にした丼からかけていた布巾(ふきん)をとった。

「これ、食べてみてくだせえ」

差し出された丼を受け取って、徳次は覗き込む。

「こりゃ、穴子かい」

「へい」吉平は膝を動かしてずり寄って行く。

「ご飯の上に穴子を載せて、タレをかけたんです。タレはまだおとっつぁんの味にはなってないけど、ちっと近づけたと思うんで」

ふうん、と徳次は鼻を動かす。

「うん、いい匂いだ。どれ……」

箸を動かすと、穴子を切ってご飯とともに口に運んだ。

吉平は唾を呑み込みながらじっと見つめる。

徳次の喉が動いた。

「おう、旨いな。いいじゃないか」

「そうですかい」

腰を浮かせて身を乗り出す吉平に、徳次は笑顔を向けた。

「確かに、まだ吉六さんの味にはなっちゃいないが、だいぶ近い。うん」

頷く徳次に、吉平は息を吐いて腰を落とした。

「よかった、時雨煮や稲荷揚げの味付けで、コツはだんだんわかってきたんですけど、今度のはちゃんとしたタレにしたくて」

ほほう、と徳次は穴子とタレで茶色くなったご飯を頬張る。

「今度は、こいつを売るのかい」

「へい、穴子飯として、屋台で売ろうと思ってます」

「おう、そうかい、いよいよ屋台の出番か」

「へい」吉平は胸を張った。

「屋台だと丼一個ですませなきゃならないんで、これがいいかと」

うん、と徳次もご飯を掻き込んで頷く。

「いいじゃないか、これぁ、売れるだろうよ」

「へい」

吉平は空になった丼を、笑顔で受け取った。

よし、と長屋を出た吉平は、深川の道を駆けた。

辻を曲がって、一軒の店に飛び込んでいく。

「江戸一です、できやしたか」

座敷にすわった職人が顔を上げた。

「おう、できてるよ」

手を伸ばして、看板の掛け行灯を引き寄せた。

「そら、どうだい」

前に置かれた行灯を、吉平は手に取った。

表には江戸一と大きく書かれている。右の側面にはめしの二文字、が、左側は白いままだ。

目の前に掲げて、吉平は真顔になった。息を大きく吸い込んで、見つめる。

それを座敷から見上げて、職人は首をひねった。

「けど、いいのかい、それで。屋台なんだろう、めしっつっても、なにを売ってるんだかよくわからねえんじゃねえのかい」

吉平は小さな笑顔を向けた。

かつて、父の店に掛けていた行灯と同じ造りだ。ただ、父の看板は左側に煮売と書いてあった。

いつか、店を持ったら、同じように煮売と書くんだ……。そう思いながら、吉平は職人を見た。

「いろいろ作ってみようと思ってるんで、これでいいんでさ」

「ふうん、なるほどねえ」

そう唸る職人に、代金を払うと、吉平は外へと出た。

明るい空の下で、改めて行灯を掲げてみる。

おとっつぁん、見てくれ……。そうつぶやくと、行灯を胸に抱いて、吉平は長屋へと歩き出した。

第二章　人を呼ぶ丼（どんぶり）

一

深川永代寺の門前で、吉平は屋台を出していた。

これまで出商いをしてきた木場などの町をまわって知らせたために、馴染（なじ）みの客が次々にやって来てくれた。

「へえ、今度は穴子飯かい」

「おう、旨（うま）いじゃねえか」

男らは笑顔になった。

これなら、やっていけそうだ……。吉平は毎日、昼前から屋台を出した。

中食（ちゅうじき）の頃には、客が並ぶのが常になった。

よし、今日も残り少しだ……。

中食の忙しさが去ったとき、屋台の裏から声がかかった。

「どうだ、うまくいっているか」

肩越しに覗き込んだのは、同心の矢辺一之進だった。

「あ、旦那」吉平は振り返る。

「へい、おかげさんで、夕方には売り切れます」

一之進はしょっちゅう覗きに来る。立て替えてもらっていた十二文も返し、吉平は会うごとに出来事を知らせてきた。

「そうか、よかったな」一之進は目を細める。

「このまま深川でずっとやるのか」

へい、と吉平は頷く。

「さすがに屋台を担いで両国まで通うのはきついかと……それに、もともと江戸一は深川でやってたんで、みんな、味を覚えてくれてますから」

「おう、それはそうだ」

「けど……」吉平は肩をすくめた。

「まだまだ、おとっつぁんの味には届きません。みんな、そうは言いませんけど、顔を見てればわかります」

ははっ、と一之進は笑って吉平の肩を叩いた。

「それは至極当然というものだ。吉さんは、長いあいだをかけてあの味を作り出したのだ。引き換え、そなたはまだはじめたばかりではないか。いや、それでこまでの味にしただけでも、大したものだ」

その手でぐっと肩をつかまれ、吉平は照れを隠してうつむいた。

「けど……」

その顔を上げる。と、店の前に男が立った。

「飯ってのは、どんな飯なんだい」

掛け行灯（あんどん）のめしという字を指して首をひねる。

「あ、穴子飯です」

「へえ、穴子は苦手だな」

男は背を向けた。

と、今度は横から別の男が首を伸ばした。

「蕎麦（そば）をくんな」

「すみません、蕎麦はやってないんで」

吉平の返しに、男は「なんでい」とつぶやいて、ぷいと去って行った。

吉平は一之進に苦笑を向けた。

「こんなことも多くて」

ふうむ、と一之進は腕を組む。

「元は蕎麦の屋台であるゆえ、しかたもないか……いっそ、暖簾(のれん)でも掛けてはどうだ」

「暖簾……」

吉平はつぶやいて、辺りを見まわす。

「あっ、そうか」

手を打つと、吉平は笑顔になった。


夕刻。

長屋に戻った吉平は、丼(どんぶり)を手に隣の戸に声をかけた。

「先生、吉平です」

「うむ、入ってよいぞ」

新左衛門の返事と同時に戸を開けると、吉平はぺこりと頭を下げた。

窓辺の座敷に座る新左衛門が、顔を上げる。手には筆を持っている。

浪人の新左衛門は、筆作りを生業としていた。江戸では浪人のみならず、禄の少ない直参の武士も、筆作りに励む者が多い。生真面目な武士の作る筆は、京や大坂でも評判がよく、よい値で売れていた。

手を止めた新左衛門は、吉平を見上げた。

「何用か」

「あ、はい、実はお頼みしたいことがありまして」

吉平は手にした丼を前に置く。

「これは今度はじめた穴子飯なんです、召し上がってみてください」

一人分、残していたものに、温めたタレをかけてきていた。

ふうむ、と新左衛門は箸を取って、丼を手にする。

口を動かし、喉も動かす。

「ふむ、よい味だ」

「そうですか」

吉平は、座敷に上がり込んだ。

新左衛門はそのまま食べ続け、丼はすぐに空になった。

「して」とその顔を上げる。

「頼みというのは、これを食すことであったのか」

「いえ」吉平は懐に手を入れると、白い布を出した。

「この晒に、書いていただきたいんです、あなごめし、と」

吉平は指文字で平仮名を空に書く。

「先生は達筆とお見受けして……」

新左衛門を上目で見て、吉平はやや縦に長い晒を広げた。

「達筆、とな……ふむ……」

新左衛門は身を捻ると、文箱を取った。晒の下に薄い板も置く。墨を磨りながらいくども、あなごめし、とつぶやいた。

筆を手にすると、ひと息置いて、手を動かした。

上に〈あ〉の字を大きく書き、その下に〈なご〉、行をずらして〈めし〉と書いていく。

「どうだ」新左衛門も上目になる。

「あは形のよい字であるから、大きくした。目を引くであろう」

「はい、こりゃいい字で。さっそくこれを竹の棒に吊して、幟にします」

手を伸ばそうとする吉平を制して、新左衛門が顔を上げる。

「乾くまで待て。滲むぞ」

板ごと脇へとずらす新左衛門に、吉平は、

「あ、はい」

とかしこまった。

ふうむ、と新左衛門は改めて吉平を見る。と、いきなり手を伸ばしてきた。

胸ぐらをつかまれ、吉平は狼狽える。

「え、なに……あ、すみません。幟なんか頼んでお気に障りましたか」

「そうではない」新左衛門が首を突き出す。

「このような接近戦の術を、また教えて進ぜようと思うてな」

手が放され、吉平はほうと息を吐いた。

「さ、それがしの襟首をつかんでみよ」

手で促され、吉平はそっと新左衛門の胸ぐらをつかむ。と、すぐに手首がつかまれ、捻られた。

「あっ、いてて」

うむ、と新左衛門は頷く。

「さらに、こうもできる」

大きく腕ごと捻り上げられる。身体も斜めになった。

「痛……痛いです」

うむ、と新左衛門は手を放した。

「これを大きくすれば、相手の身は傾く。そこで上から肘で打ち込めば、倒すこともできよう」

はあ、と吉平は肩をさすった。

「さらに、だ」新左衛門は神妙な顔になった。

「これは外道であるから、武士は用いぬ。が、町人となれば、かまわぬであろう」

は、と見上げる吉平の胸元に、新左衛門は手を伸ばす。

「昔、若い頃に町人より教えられた術だ」

胸ぐらをつかんだ新左衛門の手に力が込められ、ぐいと吉平の上体が持ち上げられた。と、新左衛門の頭が上がった。

「いてっ」

吉平は顎を押さえる。

「おっ、当たってしまったか、すまぬ」新左衛門が手を放す。

「寸止めをするつもりであった。が、わかったか、これを思い切りやるのだ」

「ず、頭突き、ということですね」

「ふむ、そうとも言う」

頷く新左衛門を、吉平は顎を撫でながら見る。

「教わったというのは、身をもって知った、ということですか」

「うむ」新左衛門は口を曲げる。

「若い頃には愚かなふるまいをするものだ……しかし、この術は実に有効であると知った。それがしが使うことはないが、そなたは知っておいたほうがよかろう」

はあ、と吉平は頷く。

新左衛門は晒を手に取ると、それを掲げた。

「うむ、乾いた。持って行くがよい」

はい、と吉平は手に取った。

屋台の掛け行灯の上に、幟が下がった。

あなごめし、という墨文字が風に揺れる。

客は増え、吉平はさらに忙しくなった。

二

昼の忙しさが去り、ひと息ついた吉平は、はっと目を見開いた。

道の向こうから、こちらを見る目がある。

勝五郎だ……。吉平は拳を握る。父の吉六を殺した男だ。

あの夜のことが、甦ってくる。忍び込んだ男に、斬りつけられた父と広がった血だまり。斬りつけた男の腕にあった火傷の跡……。その火傷の跡が勝五郎にあるのがわかったのは、最近になってからだった。

調べると、勝五郎は昔、父と同じ料理茶屋で働いていた料理人だったこともわかった。そして、吉平の母を巡って恋敵だったことも知った。

頭の中に次々と浮かぶそれらのことに、吉平は歯がみをする。

その口を、あっと開いた。

勝五郎のうしろから、男が進み出てきたからだ。

政次とかいったな……。吉平はその顔も思い起こしていた。

勝五郎は犯した悪事にしらを切り、京橋で平然と清風という料理茶屋をやっている。真相を知って怒りに駆られた吉平は、その店に乗り込んでいった。が、勝五郎配下の政次に反撃を受け、吉平はさんざんな怪我を負わされていた。

勝五郎は、政次に向かって顎をしゃくって背を向けた。政次にはそれに頷くと、こちらに向かって歩き出した。

勝五郎は去って行き、政次は歪んだ笑いを浮かべて近づいて来る。

吉平は拳を握ったまま、ちらりと屋台の内側を見た。火鉢の横に、短刀を忍ばせてある。

いざとなったら……。そう思いつつ、吉平は、正面から政次を見た。

前に立った政次は、ふん、と鼻を鳴らした。

「穴子飯とやらをもらおうか」

え、と思いつつ、吉平は丼を手に取った。

黙って差し出すと、政次はまじまじと丼を見つめた。

「ふんっ、白いご飯を汚すとは、品のねえ飯だ」

政次も料理人だ。

江戸の者は、白いご飯をよしとし、それを汚すのを好まない。

吉平は黙って顔をそむけた。また、ぶちまける気だな……。

以前、両国で稲荷巻きを売っていたとき、勝五郎と政次が買いに来たことがあった。が、買った稲荷巻きに口をつけずに、わざと地面に落とし、踏み潰したことが忘れられない。

吉平は目を動かす。赤犬が歩いている。

あいつが食うな……。

両国で踏み潰された稲荷巻きは、駆けて来た犬がきれいに平らげた。

吉平はちらりと政次を見た。

屋台の脇に退いた政次は、箸を動かしている。

おや、食うのか……。吉平が横目のまま見ていると、政次と目が合った。

ふん、と鼻を鳴らした政次だが、箸の動きは止めない。

と、その前に客が割り込んで来た。

「おう、ここが江戸一だな、評判の穴子飯ってのをくんな」

続いてもう一人、男が立った。

「おう、こっちもな、おれぁわざわざ大川を渡ってきたんだぜ」

「なんでい」先の男が言う。

「こっちは、はるばる四谷から来たんだぜ」

互いに胸を張り合う。

「遠くからのお運び、ありがとうござんす」

吉平は笑顔で頭を下げた。

最近では、遠方から来る客も珍しくない。評判を聞いたと、板橋宿や品川宿から来た客もいた。

手早く手を動かし、

「へい、お待ち」

と、丼を順に差し出す。

箸を動かした客は、

「おっ、やっぱしうんめえな」

「おう、来た甲斐があるってもんだ」

張り合っていた胸を戻して、笑顔で頷き合う。

そこに空の丼が突き出されてきた。政次の手だ。

え、と目を瞠りながら、吉平は丼を受け取る。空の丼には、ご飯粒が三つ残るばかりだ。

「いくらだ」

曲がった口の問いに、

「十八文で」

吉平が答えると、ふん、と小銭が差し出された。

「まいどあり」

吉平の声に背を向け、政次は地面を蹴るようにして去って行った。

吉平は手を開き、小銭をまじまじと見て、その顔を上げた。

政次の姿はすでに辻に消えていた。


「まいどあり」

客は相変わらず続いていた。

昼時の波が去ったあと、吉平の目が空に向いた。ひらひらと舞って来るものがあったためだ。桜の花びらだった。永代寺の庭から、風に乗ってきたものだった。

吉平は目を細めて、桜を見やる。

「あんちゃーん」

耳に飛び込んで来た声に、吉平は顔を振り向けた。

幼い男児が、走って兄を追っている。

吉平はその姿を追った。弟の松吉の声と姿が甦る。

〈あんちゃん、待ってよ〉

覚束(おぼつか)ない足取りで、よくあとを追ってきたものだった。

どうしているんだろう……もう、六年以上も経つのか……。吉平は目を眇(すが)める。

もう会ってもわからないかもしれないな……。耳には、母の声も甦った。朝、母に起こされるのが常だった。吉平、起きな……。

「吉平」

耳に届いた女の声に、吉平ははっとした。

声の主(ぬし)は母ではなかった。屋台の前に立っていたのは、鈴乃屋のおいとだった。

「おいとさん」

驚く吉平に、おいとはにこりと笑んだ。

「吉平の穴子飯が評判になってるって、お店でみんなが話してたわ」

紅(べに)を差した顔は、見違えるように大人になっていた。

おいとはお供に付いていた小僧に小銭を渡すと、離れた水茶屋を示した。

「これでお団子を食べておいで」

へい、と小僧は駆けて行く。

「さっきから見てたけど、お客がいっぱい来てたわね。あたしも食べたいわ」

あっ、と吉平は首筋を掻く。

「いや、床几(しょうぎ)がなくて」

屋台は座って食べられるように、長床机を備えているところもある。が、吉平はまだ持っていなかった。男らは立ったまま掻き込むが、さすがに同じようにする娘はいない。

そうなの、とつぶやいたおいとは手を伸ばし、掛け行灯に触れた。

「江戸一の看板を出したのね」

「あ、へい……」吉平は苦笑を浮かべる。

「こんな屋台にゃ気が早いとは思ったんだけど」

「あら」おいとは肩をすくめる。

「屋台でも立派なものだわ……屋台を持てば、所帯だって持てるって聞いたわ」

吉平は笑みを収めた。

おいとは顔をそむけつつ笑顔になる。

「ちゃんと看板を上げたんだもの、気はすんだんじゃない」

ちらりと目を向けた。と、その顔ごと、思い切ったように吉平に向けた。

「気が変わったんじゃないかと思って……」

吉平はそっと唾を呑む。店にいた頃、おいとの気持ちを知った父の弥右衛門は、夫婦になれば暖簾分けをするつもりだ、と持ちかけてきた。が、吉平は江戸一の看板を掛けた店を出したいから、と断った。おいとと夫婦になるつもりはない、という本心を、すぐに弥右衛門は察してくれたが、それを娘に告げるのは気が引けたのだろう。店のことを、断りの理由としておいとに告げたに違いない。

まだ、あきらめてなかったのか……。喉の奥で、言葉を探す。と、

「いやぁ」明るい声を作った。

「こんな屋台じゃ、まだまだでさ……ちゃんとした店を構えるまで、気は抜けませんや」

おいとの眉が曇る。

吉平は慌てて言葉をつなげた。

「そういや、留さんに聞きました、おみよさんが祝言を挙げるそうで……」

「もう、挙げたわ」おいとが顔をそむける。

「姉さん、うれしそうだった。そりゃ、ね、好いたお人と夫婦になったんだも

の」

　赤い紅の唇が尖る。

　しまった、と吉平は首を縮めた。

「そ、そらぁ、おめでたいことでした」

　困った、と顔を伏せて息を呑み込む。胸中にはおはるの顔がある。が、それを知られてはいけない。知られていじわるでもされたら、おはるがかわいそうだ……。

　はっと、吉平は顔を上げた。八つ（午後二時）を知らせる鐘の音が響きわたった。

「おっと、いけねえ」吉平は屋台の担ぎ棒に手をかけた。

「船宿のお客に呼ばれてるんだった」

　そうつぶやきながら、担ぎ棒を肩に載せる。近くの川端には船宿が多くあり、実際に呼ばれることもある。が、今日はない。嘘を言った口を笑いでごまかして、吉平はおいとを見た。

「すいません、そいじゃ」

　歩き出した吉平を、おいとは一歩、追った。

「あたし、待つから」

吉平は振り向くことなく、足を速めた。

辻を曲がるときに、横目を向ける。おいとがゆっくりと歩き出す姿が見えた。

三

朝早くに、吉平は桶（おけ）を抱えて走った。

「おはようございます」

飛び込んだ魚屋は、すでに人が忙しそうに立ち働いていた。深川には料理茶屋や船宿が軒を並べているため、魚屋も多い。

「おう、できてるぜ」

魚屋の主（あるじ）が笊（ざる）を持ち上げる。さばかれた穴子が、笊から桶に移されていく。

「繁盛（はんじょう）だな」

主の言葉に、吉平は笑顔を返す。

「おかげさんです、ここの穴子がいいからでさ」

ははっ、と主も笑う。

「うれしいことを言ってくれるね……ああ、そういや……」

主は顔を大川の向こうを見るように巡らせた。

「知ってるか、京橋の清風で大穴子重ってのを出してるんだとよ、大層な評判を取ってるってえ話だ」

「清風……」

吉平の眉が寄る。勝五郎の姿と、穴子飯を平らげた政次の姿を思い出す。

「大穴子って。そりゃ、どういう……」

「おう、食ってきたってぇ客の話だと、こう、細長の重箱に飯を敷いて、その上にでかい穴子が載ってるんだとよ。で、タレがかかってる、と。穴子はしっぽがはみ出てるってえ話だ」

「へえ……」

「出せる数が限られてっから、一日に数人の口にしか入らねえらしいけどな。ま、それがますます人の気持ちをかき立ててるんだろうよ。今じゃ、並んでるってぇ話だぜ」

「数人、ですかい。うちとは大違いだ」

吉平は桶の中に重なるたくさんの穴子を見た。これからたくさんの丼ができる。

　主も穴子を見ながら、頷く。

「けどよ、きっとおめえの穴子飯が評判になったから、真似をしたんだろうな。ほかの飯屋でも真似っこしてるとこがあるらしいぜ」

「そうですかい」

　吉平は口が曲がっていくのを抑えることができない。ほかの飯屋ならかまわない。けど、清風は……。

　吉平は抱えた桶を覗き込んだ。中の穴子は、どれもさほど大きくはない。

「大穴子ってのは、どれくらい、でかいんでしょう」

「さあな」主は首を振る。

「ここいらの魚屋にゃ出まわらない代物だぁな。清風は、直に魚河岸で仕入れてるのかもしんねえな」

　魚河岸、と吉平はつぶやく。そういや、おとっつぁんもよく魚河岸に行ってたな……。魚介の入った桶を抱えて戻って来た姿を思い出す。

「お、らっしゃい」

　主は声を上げて、別の客へと向かう。

　吉平は桶を抱えて、来た道を戻った。

夕刻。

吉平は大川を渡った。

商売を終えて長屋に戻ったものの、落ち着かずに足が動いたのだ。

京橋の町は多くの人が行き交っている。吉平は、清風の建つ道をゆっくりと歩いた。店を出て来た客のあとについて、耳を澄ませる。

「いやぁ、評判どおりでしたな、あの大穴子。身の厚さといったら、ほかの料理はいりませんな」

大店の主らしい男が腹を撫でた。

「ええ、本当に。無理を言っておさえてもらった甲斐がありました」

連れの男が誇らしげに頷く。

吉平はしばらくあとを付いて、踵(きびす)を返した。

同じように、出て来た客の話に耳を立てる。

「結句(けっく)、大穴子はまた売り切れだったな」

「おう、やっぱり昼前に来なけりゃだめだな」

ほかの客も言い合う。

「大穴子重、熊さんは二度も食ったって話だぜ」

「おう、聞いた。めっぽう、旨いらしいな」

何組かのやりとりを聞いて、吉平は足を止めた。大穴子という言葉はいくども聞こえてきたが、姿は思い浮かばなかった。

帰るか、とつぶやいて、立ち止まる。と、その目を見開いた。

前から武士が三人、やって来る。

吉平は辺りを見まわして、路地へと身を寄せた。そこで草履の鼻緒をいじるふりをしてしゃがむ。顔を伏せがちにして、そっと目だけを上げた。

前を武士らが通って行く。

やっぱり、あのときの二人だ……。

吉平が清風に殴り込んだとき、勝五郎が部屋から呼んだ客だ。駆けつけた矢辺一之進も対面したため、あとで身元を調べて役人であることが判明した。

御家人はお城の表御台所の台所人、古部定之、旗本のほうは表御台所頭の木戸帯刀という名だと、一之進は教えてくれた。

けど、と吉平はもう一人を見た。あれは誰だろう……。

胸を張り、顎を上げて歩いて行く。

古部はにこやかに相槌をうち、木戸も愛想のよい顔を向けている。

きっと、二人よりもえらいんだな……。吉平は、上目で見送る。

三人は清風へと入って行った。


屋台越しに、吉平は空を見上げた。

日が傾いて、薄い茜色が広がりつつある。

「おう、ここであったか」

呼びかけるような声に、吉平は顔を戻す。

やって来たのは太鼓腹の侍だった。

太鼓さん、と口に出そうになって、吉平は呑み込んだ。

「こりゃ、どうも」

「うむ」侍はにこやかに前に立つ。

「両国に行ったもののいなかったから、やめたのかと思うたわ。したら、先日、深川で屋台をやっているという話を聞いてな、それも穴子飯だというから、こうしてやって来たのだ」

「それは、わざわざありがとうござんす」

頭を下げた吉平はすぐに手を動かした。

すっかり馴れた手さばきで丼を作ると、

「お待たせしやした」

と、差し出す。

うむ、と侍はそれを受け取った。

口を動かすにつれ、目が細くなっていく。

「ほう、よいではないか」

頷きながら食べる。と、丼が空に近づいて、その顔が傾いた。

「うむ……この味……」

飲み下すと、「おお、そうだ」と目が開いた。

「お城の膳で食うたのと同じ味だわい、あれは鰻の蒲焼きであった」

「えっ」吉平が身を乗り出す。

「お城で……」

以前、一之進から聞いた話を思い出す。台所人の古部定之は、味のよいタレを出すようになってお褒めに与り、少しではあるが禄が上がった、ということだった。それは、父が殺され、店のタレの瓶を持ち出されたあとだった。盗んだのは、勝五郎だと、今はわかっている。その勝五郎が台所人にタレを分けたらしいことも、見当が付いていた。

　同じ味、と吉平はつぶやく。

　盗んだタレを元に、味を真似たのに違いない。吉平自身もそうだった。父から作り方を聞いていなかったため、吉平は味を思い出しながら、鍋に向かい続けた。鰹節に干し椎茸、それに飛魚も使ってみた。そこに酒、味醂、そして砂糖も加え、配分を変えるうちに、近い味が出せるようになったのだ。

　勝五郎も同じようにしたはずだった。さらに、タレを分けられた台所人もそうしたのだろう。

　お城でも、か、と吉平は胸中でつぶやく。つぶやきながら、はた、と吉平は改めて太鼓腹の侍を見た。

「お侍様は、お城のお役人さんなんですね」

　む、と侍は口を動かしながら、見返す。

「まあ、そのようなもの、だ」

「そうでしたか。そうかとは思ったんですが、いつもお一人で見えるので……いえ、お役人は皆様、お供を連れてらっしゃるもんですから……」

「ああ」侍は苦笑すると、声を落とした。

「供を連れてくると、あれを食べたと奥に告げ口されるのでな。町には一人で来ることにしているのだ」

ははは、と笑う。と、片目を細めて見せた。

「こうして食べ歩くのが、ささやかな気晴らしなのだ」

「さいでしたか」吉平も笑顔になる。

「いえ、あたしは最近、お城にも料理人がいると聞いて、びっくりしたんです。台所役人というお人がいるそうですね。お武家様ながら包丁を持つそうで」

「ふむ、いる。お城にはけっこうな数がいるのだ」

「へえ、表御台所ってのがあるそうで」

「うむ、そうだ、わたしが食したのはそこの膳だ。中食や宿直の折などに、出されることがあってな」

「へえ、お城のご膳とは、ずいぶんといい物なのでしょうね」

「まあ、そうさな」口を動かしながら、侍は頷く。

「家で出される物よりは、よほどよい。されど、表御台所は家臣のための台所ゆえ、御膳所や大奥の御台所に比べれば、ずっと格は落ちるのだ」

大奥には本丸に御台様御膳所があり、西の丸大奥にも御簾中様御膳所がある。

「へえ、そんなに違うんですかい」

「それは大違いだ。御膳所は上様やお世継ぎ様、大奥の御膳所は御台様や御子様方の御膳を作るのだから、格が比べものにならぬ。まぁ、わたしは大奥の御膳などは、匂いすら嗅いだことはないがの」

かか、と笑う。

「はあ、なるほど……台所にも身分の違いがあるんですね」

「うむ、ある。なににつけ、御役は表より奥のほうが身分は高いのだ。本丸の表御台所よりも西の丸大奥の御膳所のほうが上だ。奥は徳川家の皆様がお暮らしになる所だからな」

へえ、と吉平は耳を傾けつつ、穴子飯を頬張る侍を見つめる。

侍は空になった丼を差し出すと、にこりと笑んだ。

「よい味であった」

「まいど、ありがとうさんで」

銭を受け取りながら、吉平は「そうだ」と首を伸ばした。

「穴子がお好きなら、大穴子重ってのを召し上がりましたか」

「へい、京橋の清風ってぇ料理茶屋で出して、評判になっているそうでさ。なんでも、重箱からはみ出すほどに大きくて身の厚い穴子だそうで」

「ほほう、かようなものがあるのか。それは食してみねばな」

京橋の清風か、と侍はつぶやく。

「あの」吉平は担ぎ棒越しに身を乗り出す。

「もし、召し上がったら、どのような物だったか、教えてもらえませんか。太鼓、いえ、お侍様は舌が確かなごようすですから」

「ふむ」太鼓腹は口元を弛める。

「よかろう、食べたら教えに来よう」

「ありがとうございます。こっちも穴子飯とは別の物をはじめますんで、また、ぜひお越しを」

「別の物、それはなにか」

「いえ、まだ……」

吉平は清風の大穴子重を知ってから、穴子飯をやめようと考えていた。もっと先に進んでやる……。

「今、考えてるとこでして……あの、お侍様は海老はお好きですかい」

「海老か。うむ、好物である」

目が細くなった太鼓腹に、

「さいで……」

吉平は頷いた。よし、とその手を握る。

「では、また参ろう」

背中を見せる侍に、吉平は大きな声を上げた。

「まいどありぃ」

四

ひと月後。

吉平は桶を抱えて、日本橋へと向かった。川岸にあるのは、大きな魚河岸だ。

穴子や鰻はさばけないが、海老なら簡単だ。直に仕入れれば、安くなる。借金も早く返せる……。そう考えてのことだった。

魚河岸が見えてきた。

父が死んだあと、一家を支えようと、吉平はやって来たことがあった。捨てられた雑魚を拾うためだった。邪魔だ、と蹴られながらも、吉平は傷がついた小さな鰯や鯵、名もわからない小魚を拾ったのを思い出す。

ひと息を吸い込んで、吉平は中へと入る。

中は大声が飛び交い、人々が行き交っていた。川に着いた船から、次々に魚が荷揚げされてくる。

きょろきょろと見まわしながら、吉平は海老の入った生け簀にたどり着いた。たくさんの海老が中で動いている。

こりゃ、活きがいい……。覗き込む吉平の背に、人がぶつかりながら、通り過ぎる。

「おう、そこにいちゃ邪魔だ」

若い男の声が飛んできた。

吉平はそちらに近寄って行く。

「海老が買いたいんで」

あん、と男が顔を歪める。

「おめえ、見たことねえな。どこのもんだ」

「屋台をやってるんでさ」

「屋台だぁ」男が身を反らす。

「そんな小っせえとこには卸(おろ)さねえよ、魚屋で買いな」

「けど、おとっつぁんも買いに来てやした」

「おとっつぁんたぁ、どこの店だい」

「深川の江戸一ってぇ煮売茶屋で」

「江戸一」

　奥から声が上がった。

　しゃがんでいた男が立ち上がってこちらを見る。鬢(びん)は半分白く、顔には皺(しわ)が刻まれているが、目には力がある。

「おめえ、吉六の倅(せがれ)か」

　男が吉平に近づいて来る。

「あ、へい」

　吉平が姿勢を正すと、若い男が年配を見た。

「親方、知っていなさるんで」

「ああ」親方は男に頷く。

「吉六は腕のいい料理人でな、あたしが魚のいろいろを教えたんだ……こいつはおれが見るから、行っていいぞ」

へい、と若い男は離れて行く。

向かい合った吉平は、親方に頭を下げた。

「吉平といいやす」

「そうか、あたしは伝七(でんしち)だ、そうか、おめえが……吉六は気の毒だったな……」

へい、と吉平の顔が歪んだ。今でも、ふとした折に、目が熱くなる。

それを察したように、伝七が吉平の肩をつかんだ。

「で、おめえはおとっつぁんの跡を継いだってわけか」

吉平はぐっと唇を噛んで頷く。

「まだまだですけど……あの、おとっつぁんは、伝七さんにお世話になったんですね」

「まあな、吉六が一所懸命なもんで、こっちもうれしくなっただけさ。それに吉六と伝七ってなぁ、名が並んでいるようでおもしれぇだろ。これも縁かと思って、おせっかいをかけたのさ。で、なんでえ、おめえ、海老がほしいのか」

「へい、でっかい海老が」

吉平の言葉に、伝七は目を見開く。

「でっけえ海老だぁ」

「へえ、大穴子ってのがあるって聞いたんで、大海老もあるんじゃねえかと」

伝七はまじまじと吉平を見た。

「そらぁ、あるが……町には出まわらねえよ」

「えっ、それはなんで……」

「なんでって」伝七は背をくるりと向けた。

「しょうがねえな、ついて来な」

奥に向かって歩き出す。

吉平は桶を置くと、そのあとに続いた。

奥には大きな生け簀がいくつも並んでいた。

鯛(たい)や鯵、鰻や穴子、海老、鮑(あわび)などが、それぞれの生け簀に入れられている。どれも大きく姿がよい。

へえ、と覗き込む吉平に、伝七は腕をまわして生け簀を示した。

「ここの生け簀はお城に納める魚介が入ってるんだ」

「お城……」

「そうさ。そもそもここの魚河岸は、徳川様のためのものだ。お城に納める魚を扱うために、家康公がこの土地をくだすったんだ」

「えっ、そうなんですかい」

「そうだ。ついでに余った魚を売っていいってことでな、こうしてでっけえ魚河岸になったてえわけよ」

へえぇ、と目を丸くする吉平に、伝七は笑いを漏らした。

「上物はみんな、お城に納めるんだ。魚介にも上中下があってな、上物は徳川様の御膳に上がるのさ。まあ、徳川様っても、天辺におられるのは公方様だ。本丸の奥が一番ってわけさ」

「なるほど」

「次が西の丸御殿、その次が二の丸御殿だ。まあ、二の丸は住むお方がいればの話だがな。それに、御三卿のお屋敷もあるからな」

御三卿は徳川吉宗が自分の息子と孫を主として立てた家だ。吉宗の血を引いた者に将軍を継がせるための仕組みだった。

伝七は鼻を膨らませる。

「だから、毎日、あたしらは活きのいい、たくさんの魚を納めなきゃなんねえんだ。お城の外には徳川様の御三家もあるしな」

「はあ、御三家まで……」

「そうさ、そっからあとは、いろんな大名家だ。そこまで納めれば、もう上物は残らねえってこった」

へえぇ、と吉平は唸る。

「だから、上物は町に出まわらない、と……あ、けど、一流どころの料理茶屋ではいい物が出るって聞いたことがありやす」

「ああ、そうさな。八百善や百川なんぞは、上物を仕入れていくな。その辺はこれさ」

伝七は指で丸を作ってみせる。

「金、ですか……金さえ払えば、買うことはできるんですかい」

「いや、そんな簡単じゃねえ。なにしろ、上物は数が限られるんだ。この河岸にいい伝手がなけりゃ、無理ってもんよ。八百善なんざ、付き合いが古いからな」

はあ、と肩を落とす吉平に、伝七は苦笑を浮かべて踵を返す。

「ま、大物はあきらめな。そのかわり、あたしが活きのいい海老を選んでやる。吉六の倅じゃあ、無下にはできねえからな」

へい、とあとを付いて歩きながら、吉平は振り返った。それじゃ、勝五郎はいい伝手があるってことか……。

　伝七は海老の生け簀の前に立つと、吉平を見た。

「で、こいつをどうしようってんだい」

「へい、天ぷらにしやす。ここひと月ばかり揚げる修練をして、うまくいくようになったんで」

「天ぷら……屋台の天ぷら屋かい」

「いいえ、天ぷらを飯に載せるんで。そこにタレをかけて、海老天飯にするつもりで……」

「ふうん、そいつは旨いかもしんねえな」

　伝七は海老を覗き込む。

「いいか、海老の選び方ってのはな……」

　吉平も大きく身を乗り出した。


　屋台ではためく幟が変わった。

　えび天めし、と書かれている。また隣の新左衛門の筆だ。

「おう、ここだ、ここだ」

「海老天飯、くんな」

客が駆け込んでくる。

「へい、お待ち」

タレをつううっとかけて、丼を差し出す。

油と甘辛いタレの匂いが広がり、口を開く前に、客は「おう」と目を細める。

「うめえ」

「おう」

かき込む客を見ながら、吉平は辺りの店を見た。

店なら炊きたてのご飯に揚げたての天ぷらを載せられる……そうすれば、何倍も旨くなるのに……。

吉平は胸の中で指を折って、数える。徳次にも金造にも二分ずつ、金を返した。借りた分は次の春までには返せそうだ、けど、店を持つとなると……。

「おい」

太い声に吉平は、はっと顔を上げた。

清風の政次がそこにいた。

「一つ」

と、憮然として言う。

「へい」

頷きながら、目を遠くに配る。勝五郎の姿はない。

海老天飯の評判を聞いて、政次にようすを見に来させたんだな……。吉平は思いを巡らせながら、丼を渡した。

どうする、と横目で見る。ぶちまけるか、それとも……。

政次は脇へと移ると、背を向けて箸を動かしはじめた。

「よう」とほかの客が前に立つ。

「海老天飯、一つくんな」

吉平は「へい」と向き直る。

政次はほどなく、空の丼と代金を渡して去って行った。

食べたってことは、また真似るつもりか……。吉平はそのうしろ姿を見送りながら、眉を寄せた。


朝、吉平は台所で背中を丸めていた。

魚河岸で仕入れて来た海老を、次々に捌いていく。頭を取り、殻を剝いて身を取り出すのだ。

笊に盛った身は流し台に置いて、吉平は頭と殻の入った桶を取り上げた。

湯の沸いた鍋にそれを入れる。

海老味噌の匂いが立ち上がってくる。海老殻でとった出汁で、味噌汁を作るのが日課になっていた。

煮上がった鍋から、殻をすくい上げながら、吉平は鼻を動かした。いい匂いだ、やっぱり魚河岸の海老は違う……そういや、おとっつぁんも殻を煮出してたな……。

その思いと同時に、「あっ」と声が出た。

そうだ、とタレの入った大鍋を竈に載せる。タレは毎朝、火にかけている。タレを少し、しゃもじですくって器に移すと、吉平は海老殻の出汁を少し、入れた。混ぜて、口に含んでみる。

その目が動き、「ああ」と唸りが洩れる。

「おとっつぁんの味だ」

海老殻の出汁をすべて、大鍋に注ぎ込んだ。たちまちに匂いが変わっていく。

そうだ、と吉平は父が台所に立っていた姿を思い出す。そういえば、海老をよく料理に使っていた、煮物に入れたり、海老しんじょを作ったり……。

しゃもじですくって、もう一度味を見る。

同じ、とは言えないな……けど、かなり近づいた……。

「おとっつぁん」吉平は鍋をかきまわしながら声に出す。

「だんだんわかってきたよ。いつかきっと、おとっつぁんの味を取り戻すからな」

開けた窓から、吉平は空に目を向けた。

五

「参ったぞ」

店の前に太鼓腹の侍が立った。

「あ、まいど」

吉平が会釈をすると、侍は揺れる幟を見た。

「ほほう、海老天飯か。どれ、さっそくもらおうか」

へい、と手を動かす吉平に、侍は声をかけた。

「行ったぞ、清風に。用事のついでに足を運んだら並んでいたゆえ、日を変えて昼前に行ったわい」

「あ、どうでやした」

「うむ、聞いたとおり大きな穴子であった。身も厚く脂（あぶら）がのってよい味であった。タレも利いておったな」

「そうですかい」

吉平は海老天飯を差し出す。

侍はさっそく箸を動かす。

ふむ、と目を細めて食べる。

「うむ、これも旨い」と、小さく首をひねった。

「このタレ、前よりも味が上がったな」

「へい、工夫をして変えました」

「そうか、実によい味だ」

「ありがとうござんす」

吉平は笑顔になる。と、侍は、

「そういえば」

と真顔になった。顔を近づけて、声を落とした。

「お城でも先日、大穴子重と同じ物が出たのだ」

「えっ、表御台所で出したってことですかい」

「うむ。白ご飯を汚すなど、と文句を言う者もあったが、食べてみてその声は止(や)んだ。評判になって、そのあとも出たらしい」

「へえ」

吉平の脳裏に清風で見かけた姿が甦った。台所人の古部と台所頭の木戸が、見知らぬもう一人と店に入って行ったときの情景だ。

まあ、と侍は頷く。

「台所人が、清風の料理を食べたに違いない。町の流行物(はやりもの)はけっこうお城にも入ってくるものだ」

吉平の頭の中で、いろいろな事がまわりだす。

「あの、それが評判になると、その作った台所人はまた出世するんでしょうか」

「ふうむ、そうかもしれぬな。お褒めや出世は役人の士気を高めるゆえ、しばしば行われるものだ」

出世……胸中でつぶやきながら、吉平は古部と木戸の姿を思い出していた。

あ、もしかしたら……。吉平は出かかった声を、慌てて呑み込んだ。

「む、いかがした」

怪訝そうに見る侍に、吉平は「いえ」と首を振る。

ふむ、と侍は海老天飯の残りをゆっくりと噛みしめた。


吉平はいつもより早くに、魚河岸に入った。

これまでは、勝五郎と顔を合わせないために、少し遅めに行っていた。

吉平は奥の上物を扱う生け簀へと向かった。仕入れもできないため、これまでは近づかなかったが、今日はそっと向かって行った。

隅の柱の陰に立つと、吉平はじっと人々を見つめた。

その目をはっと見開いた。

やっぱり、と首を伸ばす。

勝五郎が、桶を抱えた政次と若い料理人を従えて、現れたのだ。

鉢巻を角のように立てた河岸の男が、近寄って行く。

勝五郎と言葉を交わすと、男は笊を若い料理人に渡した。

吉平は顔を半分覗かせて見る。大穴子だ……。

料理人は笊から桶へと穴子を移す。数匹の穴子が見えた。

さらに男は、鯛の尻尾をつかんで渡した。大きな鯛だ。形はよくわからないが、ほかの魚も桶に入れられていった。

勝五郎は頷くと、歩き出す。

こちらに来る、と吉平は慌てて身を引いた。

柱の裏側にまわり、三人が通り過ぎるのを気配で感じつつ、息をひそめた。

足音が遠ざかったあと、そっと柱から出ると、三人は生け簀を覗き込む人のなかに紛れ込んでいた。

吉平は柱を離れ、上物の生け簀へと寄って行った。

まな板に向かう鉢巻角の男に近寄ると、そっと背後から声をかけた。

「あのぅ、さっき、でっかい穴子を売ってやしたね」

あん、と男は包丁を持つ手を止めて振り向いた。

「なんでえ、おめえは」

「あ、海老を買いにきてるんで……伝七さんにいろいろと教わりながら」

「へえ、おめえ、親方の弟子かい……」

男の面持ちが弛む。

「へい」吉平はにこやかに頷く。

「うちのおとっつぁんも親方に魚の選び方を教わって、いろいろと世話になって、あたしは二代目なんです」

「へえ、そうかい。親方は目利きだからな」

「へい、助かってます……けど、あたしはこっちみてえな上物は買えないんで、見さしてもらっていいですかい」

「ああ、かまわねえよ、目を養うのもでえじなこった」

「いえ、さっき大きな穴子を見て、びっくりして……」吉平はにこやかに言う。

「買っていったのは清風の勝五郎さんですよね」

「おう、なんでい、知っているのかい」

「へい、腕のいい料理人だってんで、みんな、知ってまさ。大穴子重の話も聞いてましたけど、こっちの上物を使ってるんですね、どうりでほかと違うはずだ」

感心してみせる吉平に、男は鼻を膨らませる。

「そら、な。こっちの生け簀はほかとはちがわぁ」

「へえ……けど、町の料理人でも買えるんですかい」

「ああ、あらぁ、傷物だからよ」

「傷物」

首をかしげる吉平に、男は顔を寄せて小声になった。

「お城に傷物を納めるわけにはいかねえだろ。で、そういうはじいたやつは、ほかに売ってもいいってことになってるのさ。いや、内緒（ないしょ）のお目こぼしってやつだけどな」

にっと笑う男に、吉平も顔を寄せた。

「え、じゃ、あたしにも売ってもらえるんですかい」

いや、と男は身体を引く。

「そいつはできねえ相談だ。傷物は少しっか出ねえ貴重品だからな、誰にでも売るってわけにはいかねえのさ」

「そいじゃ、清風は……」

「あっこは……」男がまた小声になった。

「お役人様のお計らいだからさ」

吉平は唾を呑み込む。古部と木戸の姿が浮かんだ。

「なるほどなぁ」吉平は肩を落として見せた。

「そういう伝手がなけりゃ無理ってこってすね」

「まあ、そういうこった」

男はぽんと吉平の肩を叩いた。

「ま、おまえさんは若いんだ、地道にやんな」

「へい」吉平は笑みを作って頷く。

「どうも、お邪魔をしやした」

背を向ける吉平に、男の声が飛んだ。

「気張れよ」

へい、と吉平は会釈をする。

歩き出しながら、そういうことか、とつぶやいていた。


吉平は屋台で忙しく手を動かしていた。

「おう、タレが旨くなったんだって」

「おとっつぁんの味に近づいたって、評判だぜ」

地元の深川の客が頻繁（ひんぱん）にやって来る。

夕刻を待たずに、海老天の残りは少なくなっていた。

吉平は手を動かしながら、ときどき、目も動かす。遠く、四方を見渡していた。

あ、と吉平は首を伸ばす。道の向こうから、黒羽織に十手(じって)を差した同心の姿が近づいて来る。

「旦那」

吉平の声に、矢辺一之進も気がついた。黒羽織を翻(ひるがえ)して、足を速める。

「おう、どうした」駆けて来た一之進は辺りを見まわす。

「また、誰かに絡(から)まれたか」

「いえ、そうじゃねえんです……ちと、話したいことがあって」

ほう、と腕を組みつつ、一之進は海老天飯をかき込む客を見た。

吉平も目顔で頷く。ここで話すことはできない。

「あとで、自身番屋(じしんばんや)に行ってもいいですかい、半刻(はんとき)(一時間)もすれば、売り切れになりそうなんで」

「うむ、かまわんぞ、半刻後だな」

一之進は羽織を翻すと、去って行った。

そのうしろ姿を見送る吉平が、目を見開いた。

人混みの向こうから、こちらを見ている男がいる。

勝五郎だ……。吉平は顔を伏せ、気づかないふうを装って上目で見た。
腕組みをした勝五郎は、眉間に皺を寄せて、こちらを見ている。
タレの評判を聞いて、ようすを見に来たのか……。吉平の眉間も狭まっていく。
が、それを戻して顔を上げた。
勝五郎が永代寺の境内へと歩き出したためだ。
お参りに来たのか……。吉平は人混みに消えて行く姿に、小さく首をひねった。
半刻たらずで、思った通りに海老天飯は売り切れた。
吉平は屋台を肩に担いで、歩き出す。長屋に戻る途中に、番屋はある。
「ごめんくだせえ」
戸を開けると、すで一之進が座敷にいた。
「おう、上がれ」
手招きされるままに上がると、吉平は向かい合った。
「ええと、実は……」
清風に関して知ったことを、順を追って話していく。
「ふうむ」一之進は口を尖らせた。
「すると、勝五郎は役人の口利きで、特別に上物を買うことができているわけだな」

「へい、その代金がどこにいくのかはわかりませんが」

「ううむ、その魚河岸の男が幾ばくかを取り、役人にも渡るであろうな。持ちつ持たれつでなければ、そのようなお目こぼし商売は成り立たん」

「そういうことで……勝五郎もうまい目を見るわけですから、八方丸く収まるってことですね」

「そういうことだ。勝五郎は役人にタレを渡したり、料理のコツを教えてもいるのだろう、その見返りに河岸で便宜を図ってやる、と……」

「それと」吉平は以前に店に入って行った情景を思い出す。

「前に役人が三人で入って行くのを見ました。清風は、安く膳を出して……いや、もしかしたら金を取らないのかもしれない」

「ふうむ、それはいかにもだな。いや……」一之進は苦笑する。

「役人は町人からそうした接待を受けることが多い。同心にもそれに馴れてしまっている者がいるほどだ」

一之進は笑いを収め、ふと、眉を寄せた。

「その三人、どのようなようすであった」

「へい、一人は偉そうでした。古部って御家人は腰を低くしてたし、木戸ってぇ旗本すら愛想よくしてやした」

ほう、と一之進は顎を撫でる。

「上役かもしれぬな」

「上役、お役人のですか」

「うむ、役人にとって上役は大事……出世を左右するからな。上役のご機嫌を取ることを、お役目よりも熱心する者もいるほどだ」

「へぇ」

目を丸くする吉平に、一之進がまた苦笑を見せた。

「武士には武士の習いというものがあってな……しかし……」

一之進が真顔になる。

「お城に納めるべき魚を横に流すなど、知られればお咎めを受けることになろう。傷物とて、御膳所や大奥などでは使えずとも、表御台所なれば差し支えあるまいに」

「そういうものですか」

ううむ、と一之進は腕を組む。

「まあ、わたしにどうこうできるものではない。役人には手が出せぬからな」

あ、そうか、と吉平は頷いた。

町奉行所が取り締まるのは町人や浪人などだ。武士の取り締まりは目付の役目であり、裁くのは評定所だ。吉平もそれはわかっていた。

「しかし」一之進は腕を解いた。

「勝五郎というのはしたたかな男だな、吉平、迂闊に近づかないように、気をつけるのだぞ」

「はい」

かしこまって頷く吉平に、「よし」と頷き返して、一之進は立ち上がる。

「蕎麦でも食べよう、どうだ」

へい、と吉平も勢いよく立ち上がった。

第三章　裏の糸

一

屋台の客に、吉平は頭を下げた。

「すいやせん、今日はもう売り切れまして」

吉平は天ぷらを並べていた笊を見せた。

「ええっ、そうなのかい。こちとら腹ぁ減ってるんだがな……じゃ、タレをぶっかけた飯でもいいや」

客がタレの入った瓶を差す。

「ああ、タレはあるんですが」吉平はお櫃の蓋を取る。

「ご飯ももうないんです」

空のお櫃を見せられて、客は天を仰いだ。

「ああ、ついてねえ」が、すぐに笑顔になって肩をすくめた。

「そいじゃ、また来るわ」

「へい、お待ちしてやす」

吉平は深く頭を下げる。

さて、と吉平は屋台の棒を肩に担いだ。

天ぷらもご飯もさほどの重さではないが、なくなった分がずいぶん軽くなったように感じて、足取りも軽やかになる。

門前を離れ、道を行く吉平は、辻を曲がった。その目が、ふと、うしろに引っ張られた。

あの男……。松葉色の着物が目に留まったのだ。屋台の近くにもいたな……。離れていたせいで顔かたちはわからなかったが、じっとこちらを見ている気配が気になっていた。

吉平は腹に力を込めて足を進める。

道の先に自身番屋が見えてきた。

そうだ、と吉平はその前で屋台を下ろす。

「ごめんくだせえ」

戸を開けると、中を覗き込んだ。番屋詰めの町役人に混じって、矢辺一之進が手下として使っている駒蔵もいた。

「おう、吉平じゃないか」と振り向く。

「どうしたい」

「矢辺様がおいでかと思って」

吉平の言葉に、駒蔵は首を振った。

「半刻（一時間）ほど前にお立ち寄りになったが、すぐに出られたってえ話だ。おれもう出るから、会うかもしんねえ。なにか用なら伝えとくぜ」

「いえ、用ってわけじゃないんで……邪魔をしました」

戸を閉めて、屋台に戻る。

肩を担ぎ棒に戻しながら、目だけで見まわした。男の姿はない。

ほっとして、吉平は歩き出した。

表の道から、横道へと入って行く。と、辻を曲がる際に、目を見開いた。

男が、また付いて来ていた。

隠れていただけか……。吉平は息を吸い込んだ。だとしたら、やっぱり怪しい……。

人気の少ない道で、吉平は迷った。どうする、戻るか……。

そこに足音が鳴った。男が駆け出したのだ。

来る……。吉平は屋台を置いた。

その内側に手を伸ばす。引き出しに短刀がしまってあった。

男が迫って来る。その顔が見えた。

吉平は声を洩らした。

あっ、あの男だ。

以前、両国でゆすりをかけてきて乱闘になった、欠け耳の男だった。

吉平は引き出しから短刀を取り出した、と、同時に、男が懐に手を入れた。その手には匕首が握られていた。

吉平が鞘を抜くよりも先に、匕首の鞘が放り投げられた。

男が匕首を振りかざす。

その手を上げたまま、男が斬りかかってくる。

吉平は横に身を躱し、刃を逃れた。

勢いのまま、男は屋台に向かった。と、その足を止めて屋台を見た。

「こいつがタレか」

置かれた壺を手に取った。

吉平は息を呑み、口を開く。

「きさま……タレを盗みに来たのか」

男は壺を道の隅に置くと、身体をまわした。

「おう、それと、おめえが目障り（めざわり）なんだとよ」

男の言葉を、吉平は口中で繰り返す。なんだと、って……誰が言ったってんだ……。

男は再び匕首を振りかざす。

吉平は短刀を構え、身を低くした。と、男に突っ込んでいく。

男の匕首が振り下ろされた。刃が吉平の右肩を斬りつける。

同時に、吉平は身体ごとぶつかった。

男の身体がうしろに飛んで、屋台にぶつかる。屋台が大きな音を立てて、ともに倒れ込んだ。

「くそっ」

男はすぐに立ち上がると、腕をまくり上げた。

吉平は肩に熱さを感じながらも、身を低くして構える。

「ふんっ」男は鼻で笑う。
「てめえなんざ、虫ほどでもねえんだよ」
男がじりじりと寄って来る。
吉平は身構えた。どうする……。狭い道で、うまく身動きがとれない。
声を張り上げて、男が地面を蹴った。
同時に、吉平は身を低くした。そのまま、踏み出す。
吉平は男の懐に突っ込んだ。と、その頭を突き上げた。
鈍い音が頭上で鳴った。
男の顎（あご）がそこにあった。
呻（うめ）き声とともに、男の身体がうしろに反る。
吉平は肘（ひじ）を男の鳩尾（みぞおち）に打ち込んだ。
呻き声とともに、男の身体が地面に崩れ落ちる。
が、左右に身体をまわしながら、男は上体を起こそうとしている。
「そうはさせるかっ」
吉平はそこに飛び乗ると、馬乗りになった。
「くそっ」

と、男は匕首を振り上げようとする。

その腕に、吉平は短刀を振り下ろす。

切っ先は腕を逸れ、袖を通した。匕首を握った手が、じたばたと揺れる。

「誰かっ」

吉平は短刀を突き立てたまま、顔をまわした。

「役人を呼んでくれっ」

すでに人が駆けて来ていた。

「おう、今、呼びに行ってるぞ」

「大丈夫か」

走って来た男が欠け耳の男の手を蹴って匕首を取り上げる。

別の男が、転がった男の足首を手拭いで縛りだした。

さらに足音が鳴る。

「なにごとだ」

矢辺一之進の声だ。手下の駒蔵を従えて、駆け込んで来た。

「吉平、どうした」

覗き込む一之進を、吉平は見上げた。

声を出そうとするが、口が震えるだけで言葉が出ない。

「落ち着け」

一之進がその肩をつかんだ。と、顔を耳に寄せた。

「短刀を放せ」

あ、と吉平は自分の手を見る。短刀を放そうとするが、手が動かない。

一之進は己の手を伸ばして、吉平の手を包んだ。

「力を抜け」

一之進の手にほぐされて、吉平の手が開いていく。

「さ、立て」

腰の帯をつかんだ一之進が、吉平を立たせる。

男から離れた吉平に、

「知った者か」

一之進が問う。

吉平は頷くも、喉がひきつって言葉が出てこない。何度も口を動かして、やっと掠れた声が出た。

「前に……両国で、襲ってきたやつで……」

男は肘をついて上体を起こすと、横を向いてぺっと血を吐き出した。口の中が切れたらしい。

それを見つつ、一之進は駆けつけた町役人に、声を飛ばす。

「番屋へ連れて行け、医者も呼べ」

「へい」

町役人が縄を手にして、男を取り囲んだ。

吉平もよろめきながら立ち上がる。

「そなたも来い」

一之進が吉平に掌（てのひら）を見せる。肩をつかんだ手が、血で赤くなっていた。血は吉平の手にもついている。

吉平は自分の肩を見て、あっと声を洩らす。これまで感じなかった痛さと熱さを感じ、慌てて手で押さえた。

「そら」

一之進が手拭いを当て、血を止めながら歩き出した。

医者から右の肩に晒（さらし）を巻かれ、吉平は長屋に戻って来た。その足で奥に進んで行く。

皆が運んでくれた屋台が、そこに置かれていた。

倒れたせいで、障子の桟は砕け、右も左も壊れている。屋根も崩れ、左右を繋ぐ棒も折れている。

ほうっ、と息を吐いて、吉平は屋台に背を向けた。

部屋の戸に手をかけると、隣の戸が開いた。

新左衛門が顔を出し、首元にのぞいた晒を見た。

「また、狼藉に遭ったと聞いたが、今度は肩か」

へい、と吉平は顔を歪めた。

「けど、先生に教わったことが役に立ちました。ちゃんと身構えられたし、短刀も使えました。それに、頭突きで相手を倒すことができました」

ふむ、と新左衛門は苦笑を見せた。

「差配殿から聞いた。相手は世に言うごろつきであったそうだな。そのような外道が相手となれば、外道の術でもよかろう」

はい、と吉平も苦笑する。

「して」新左衛門は腕を組んだ。

「その外道、なにゆえにそなたを襲ったのだ、前にもあったそうではないか」

「はあ、そのあたりはこれからの吟味で……実は、あたしの頭突きのせいで顎がだめになっちまって、今はうまくしゃべれないそうです」

頭を掻く吉平に、新左衛門は笑いを堪える。

「む、さようか……いや、つまらぬ術を教えたかと気になっていたのだが、よしとしよう」

はい、と吉平は礼をした。

「おやおや」

背後から差配人の金造がやって来た。

「出歩いていいのかい」

心配そうに覗き込む金造に、吉平は、

「へい、肩だけですんで」

笑顔を向けた。

「しかしねえ」金造は奥の屋台に目をやる。

「せっかくうまくいってたってえのに……稼ぎ時の藪入りに商売ができないのは、もったいないことだ」

あ、そうか、と吉平はつぶやく。もう、七月の藪入りか……。

二

七月十八日。

吉平は左手で鍋をかきまわしていた。タレだけは、毎日、火を通している。手を動かしながら、目をときどき開け放した戸口へと向ける。

一月の藪入りは三日間だが、七月の藪入りは十六日と十七日の二日間だ。その間、店を開ける鈴乃屋は、十八と十九日を奉公人の休みとしていた。

足音がやって来た。

吉平が戸口に立つと、留七も外に立った。

「おう」と言った留七の口が、すぐに歪んだ。

「どうした、その肩は」

右肩の晒を指でさして、眉を吊り上げる。

「ああ、話すよ。ま、上がってくれ」

二人は座敷で向かい合った。

吉平の話に、留七は「へえ」「おう」「そりゃぁ」と、顔をさまざまに変えていく。

すべてを聞き終えた留七は、竈の前に立った。

しゃもじを手に、「味を見てもいいか」と振り返る。

ああ、と頷く吉平の横で、留七はタレを含んだ。

「へえ、前よりもずっと旨くなってら。おれぁ、親父さんの味はちゃんと覚えてないが、これでできたんじゃないのか」

いいや、と吉平は小首をかしげる。

「だいぶ、近づいたとは思うけど、まだ、まんまの味じゃないんだ。なにかが足りないんだと思う」

「へえ、旨いけどなあ。けど、親父さんの修業の長さを考えたら、おまえはまだこの先が長いんだ、焦るこたぁないさ」

「うん、そうは思ってる」

吉平が面持ちを和らげると、留七は「で」と、外へと出て行った。吉平もそれに続いた。

奥の屋台への前に立つと、留七は壊れた木組みに手を当てて、口を曲げた。

「ひでえな、これは……直るのか」

「わからない。肩が治ったらやってみるつもりだけど……大工にも聞いてみようかと思ってる」

ふうん、と留七は口を尖らせる。

「こんなことになるなら、さっさと店を辞めりゃよかったな……そうすりゃ、一緒に直せたのに」

え、と吉平は目を見開く。

ああ、と留七は苦笑した。

「おれ、鈴乃屋を辞めようと思ってるんだ。とっくに年季は明けてるんだし、煮炊きもひととおり覚えたしよ。だいたい、おれぁ、煮売の出商いをやりたいだけなんだから、難しい料理はいらないしな」

「そうか」

「ああ、それに」留七は長屋をぐるりと見渡す。

「おまえの暮らしを見ていたら、羨ましくなってさ。店で怒鳴られてるより、よっぽどいいや」

にやりと笑う顔に、吉平も笑顔になる。

「ああ、いいよ、なんたって自分が主だからな」

「そうかぁ、主かぁ……よし、腹ぁ決めた、次の藪入り明けで暇をもらう。したら、おれもこの辺に住むからな、よろしく頼むぜ」

留七が吉平の肩に手を置く。

「あっ、いてっ」

「おっ、すまねえ」

留七は手を合わせる。

「いや、大丈夫さ、深い傷じゃないんだ」

吉平の笑顔に、留七が胸を張った。

「よし、買い出しに行こうぜ。今日はおれがなんでも買ってやる。おまえの食いたい物を選びな」

「へえ、いいのかい」

「いいともさ」

胸を叩いて、留七が歩き出す。

吉平は笑顔を向けて並んだ。

町で買い込んできた酒と食べ物を並べて、吉平と留七は向かい合っていた。

「お、この茄子田楽旨いな、うちの店とは味噌の味が違う」

頬張る留七に吉平も続く。

「こっちの寿司も旨いぞ、酢飯がいい塩梅だ」

箸を動かし、酒を注ぎながら、口からも言葉が途切れない。

留七は鈴乃屋の料理人らのことを、並べ立てる。

「そら、おまえが世話してやった下働きの亀吉、次が入ったから料理人見習いに上がったんだけどよ、いやぁ、ぶきっちょでなあ」

「亀吉かぁ、そういや、手の使い方が大雑把だったなぁ」

吉平は牛蒡洗いを教えた時のことを思い出していた。力任せにこすり、旨味のある皮を削いでしまうのに手を焼いたものだった。

「だろう、ありゃあ、料理人には向かねえわ。手先仕事じゃねえ職に変わったほうが、身のためってもんだ」

「そうだな、漁師とかのほうがいいかもしれないな。身体を使う仕事のほうが、向いてる気がする」

「そうそう」留七はぐい呑みで酒を呷って頷く。

「向かねえ仕事を仕込むのは、こっちにとっても無駄ってもんだ……おれぁ、亀吉を見てて、つくづく思ったんだよ。おれも子供の頃に、わけがわからないままに鈴乃屋に奉公に出されたけどよ、そっからずっと、料理人がいやだと思ったことはねえ。運がよかったってこった」

「そっか」

「ああ、おまえは親父さんの跡を継いでまっしぐらだから、んな迷いを持ったことはなかろうが、奉公に出されるもんは、向き不向きもわかんねえうちに決められちまうからな。博打（ばくち）みてえなもんだ」

留七は手酌（てじゃく）で酒を注ぎ、また飲む。

「なるほどなぁ」吉平はちびりちびりと酒を含む。

「確かに、合わない修業をさせられたら、たまらないな。そっか……虎松さんなんか、料理人よりも川並衆（かわなみしゅう）のほうが向いてたかもしんねえな」

木場で材木を扱う川並衆は威勢がいい。

「おう、そうにちげえねえ、気が荒いからな」

留七はしみじみと天井を見上げる。

「もしかしたら、自分に合わねえ仕事を我慢してやってきたから、気が荒くなったのかもしんねえな。おまけに狙ってたおみよさんが嫁いじまったあと、ますます怒りっぽくなったぜ」

「そうか……おいとさんが縁談に乗り気じゃないなら、苛立ちもするだろうな」

「そういうこった。そういや、おいとさん……」

留七は開きかけた口に、「ああ、いや」とぐい呑みをつけた。

「まあ、あれだ……亀吉を見てると、自分に合う仕事ができるってのは、ありがてえことなんだって思うのさ」

「そうだな」

吉平も酒を含む。と、その目を動かした。

開いた戸口に人影が立った。

「吉平さん」

覗き込んだのはおはるだった。

「おはるちゃん」

吉平が立つ。

「お、おはるちゃん、来たのか」

留七がすっかり赤くなった顔を向ける。

吉平はすぐに土間に下りた。

「さ、入ってくれ」

おはるは恥ずかしそうな笑顔で入って来た。手にした鉢をそっと差し出す。

「うちで白玉を作ったんで、持って来たんです」

「ああ、そりゃ、ありがてえ。さ、上がってくれ、寿司やらいろいろあるから遠慮しねえで」

促されて、おはるは上がる。

「さ、ここに座んな」

笑顔を見せる吉平に、おはるは、はっと顔色を変えた。首元にのぞいている白い晒に手を伸ばす。

「吉平さん、怪我したの」

「ああ、そりゃ」留七は神妙な顔になった。

「そう、怪我をしたんだ、肩をざっくりと斬られたんだと」

留七は片目を細めて、二人を見る。

「いや」吉平は苦笑する。

「大した怪我じゃないんだ、平気さ」

「けど、肩なんて……いったい、どうして……」

うん、と吉平は事の成り行きを話しはじめる。

おはるは真剣な眼差しで聞き入る。

「痛いでしょうに」

そっと肩に手を当てた。

いや、と吉平はその手を見る。そこに手を伸ばしかけたそのとき、ごう、と音が鳴った。

留七の鼾だった。

赤い顔を天井に向けて、転がっている。

同時にそれを見た吉平とおはるは、小さく吹き出した。

「留七さん、気を許してるのね。お店じゃこんなの見たことない」

おはるが微笑む。が、その顔を戻して腰を上げた。

「あ、あたし帰らなきゃ。おっかさんと弟が待ってるんだ」

ああ、と吉平も立ち上がった。

「そいじゃ、辻まで送ってくよ」

二人は外へと出た。

長屋を出て、裏道を歩く。

吉平はおはるの横顔を見た。その目を下に移すと、そっと手を伸ばす。おはるの小さな手を握った。

おはるは驚いた目を向けたが、すぐにうつむいて頬を赤くした。

指と指がからまり、力が入る。

吉平はおはるの髪の匂いに目を細める。

来年の二月で、おはるの年季は明ける。そうしたら……。

弛（ゆる）んでくる顔をそのままに、吉平は身体を寄せた。二の腕が触れ合って、温もりが伝わってくる。が、その腕がつい、と離れた。おはるの足が止まったのだ。

息を呑む気配に、え、と吉平はおはるの目の先を見た。

道の先に、おいとの姿があった。

繋がれた二人の手を睨（にら）んでいる。

おはるが手を抜こうとした。が、吉平は力を込めて、その手を握りしめた。

「おいとさん、どうしてここに……」

吉平が半歩、踏み出すと、おいとは一歩下がった。

「黒江町の権兵衛長屋だって……留七に聞いて来たの」

胸に抱えた風呂敷包みを、抱きしめる。四角い包みはお重らしい。

「けど、そう……」おいとは二人を交互に見る。

「そういうことだったの」

おいとの唇が震えた。

くっとその唇を噛むと、おいとは背を向けて走り出した。

「おいとさん……」

おはるはつぶやくと、吉平に身を寄せた。不安げな目顔が吉平を見上げた。

吉平は握った手を胸元に持ち上げる。

「すまねえ……けど、あと半年で年季明けだ。おはるちゃん、堪えてくれるか」

おはるがこっくりと頷く。

吉平は握った手を離した。と、両腕を広げて、おはるを抱きしめた。

三

「吉平、いるか」

呼びかけと同時に、矢辺一之進が入って来た。

「あ、旦那」

鰹節を削る手を止めて、吉平が振り返ると、一之進は土間に仁王立ちになった。

「あの男、昨日、大番屋でしゃべったぞ」

町で捕まった者は、よほど軽い罪でなければ、自身番屋から大番屋に移されるのが常だ。そこで吟味を受け、罪ありと判断されれば、小伝馬町の牢屋敷に移される仕組みだ。

「え、なんて」

吉平は膝で一之進の前まですり寄った。

「勝五郎に命じられた、と言いおった」

「やっぱり……」

顔を歪める吉平に、一之進は頷く。

「あの者、正三という名でな、ま、周りから悪三と呼ばれているらしいが……でな、去年の年末に清風に盗みに入ったそうだ」

「盗み」

「ああ、金を盗って懐に入れたところを勝五郎に見つかり、乱闘になったそうだ」

驚く吉平に、一之進も面持ちを歪める。

「しかし、勝五郎は番屋に突き出さなかった。その代わりに命じたというのだ。両国で江戸一の名で海苔巻きを売っている男がいる、そいつを痛い目に遭わせてやれ、とな」

「なんだって」

吉平は腰を浮かせる。

「ああ、で、正三はわけは聞かないままにおまえの所に行って、ゆすりをかけて暴れたというわけだ」

吉平は唇を噛む。

「そうか、勝五郎のやつ、おれを追い払いたかったんだな」

「うむ、そういうことであろう。で、こたびも、勝五郎に呼び出されて命じられたということだ」

「それで、タレを盗みに来た、ってわけですね」

「ああ、ついでにまた痛い目に遭わせろ、と言われたと話していた」

くっ、と立ち上がった吉平に、一之進は顎をしゃくって外を示した。

「付いて来い、大番屋に行くぞ」

「え……」

「昨日、吟味をした与力からのお呼び出しだ。正三の話では、なにゆえに勝五郎がそなたを襲わせたのか、得心がいかぬゆえ、話を聞きたい、とな」

「あ、へい」

吉平は土間に飛び降りて、草履を履く。

「行きやす。話してやる」

「うむ」一之進が歩き出す。

「勝五郎とのいきさつを話すといい。一応、おとっつぁんの件もな。もしかしたら、詮議にまわされるかもしれん」

「そうなんですか」

「いや、わからぬがな。昨日、吟味をなすった与力は見習いの御身分だが、理非曲直と重んじるお方だ」

吟味方与力は、本役の下に助役、そして見習いの身分がある。

「へえ、そんなら……」

吉平は大きく息を吸い込んだ。これまでのことを話してやる……。

大番屋に着くと、一之進に促され、吉平は中へ入って土間に立った。

大番屋には仮牢が設えられており、格子の中には、数人の男らの姿があった。が、暗くてよくは見えない。ただ、こちらを見ている正三の気配は感じられた。

一之進は吉平の耳にささやく。

「あの者、この先も勝五郎に使われるのは御免だと考え、素直に白状する気になった……と申しておった」

なるほど、と吉平は牢のほうを見た。肩の傷が疼く気がするものの、さほどの怒りは湧いてこない。腹の底では、ふつふつと勝五郎の顔が浮かび上がっていた。

「さ、こちらだ」

一之進に促されて、反対の奥へと進む。

土間に立っていると、奥から人が現れた。羽織袴の姿は、いかにも旗本らしい。

このお方が吟味方与力か……。吉平は頭を下げる。

と、隣の一之進から、唾を呑む音が聞こえた。同じように下げた頭を、少し傾けて吉平を見た。

顔を戻した一之進が、吉平に言う。

「吟味方与力助役、丹野様だ」

え、と吉平は目を向ける。見習いのお方ではないのか……。

一之進が小さく咳を払い、吉平を見る。

吉平は、目顔で頷き、ちゃんと言います、とつぶやいた。一之進の目が動く。

丹野が座敷に座った。

「そのほうが吉平か、身元を名乗れ」

「へい、深川黒江町の権兵衛長屋に住まう吉平です。出商いをしています」

丹野のうしろでは、文机に向かった下役がそれを書き留める。

「そのほう、あの牢にいる正三に襲われたのは真か」

「へい、肩を斬られ、屋台を壊され、タレを盗まれそうになりました。あの男には、以前にもゆすられて、乱暴をされました」

「前にも、とな……金を取られたのか」

「あ、いえ……殴られたり蹴られたりはしましたけど、助けてくれる人もいて、金は取られませんでした。けど、助けてくれた人も乱暴されて怪我をしました」

「ふうむ、して、こたびはどうした。なにを取られた」

「取られたものは……ありません。こっちも向かっていったし、すぐにみんなが駆けつけてくれたので」

ふうむ、と丹野は手にした扇子で、自分の肩を叩く。

「正三は料理茶屋清風の勝五郎に命じられたと申している。そのほう、勝五郎を知っているか」

「はい」吉平は胸を張った。

「勝五郎はあたしのおとっつぁん、吉六を手にかけた男です」

「むっ」丹野の目が見開く。

「なんのことか」

吉平は、一歩、進み出た。

「七年ほど前、おとっつぁんがやっていた江戸一ってえ店に忍び込んで、おとっつぁんを包丁で斬り殺したんです」

「なんと」丹野の顔が歪む。

「それは真か、そのほう、訴え出たのか」

「あ……いえ、そのときは顔も見えず、誰がやったかわからなかったんで……ただ、腕に火傷の跡があったのを覚えていたんです。で、つい最近、勝五郎に同じ跡があるのを見つけたんです」

「火傷の跡」丹野の眉が寄る。

「料理人なれば、火傷の跡など珍しくあるまい。ほかに証はあるのか」

「あります、店に忍び込んだとき、勝五郎はおとっつぁんの作ったタレを盗んだんです。今では、清風でよく似た味のタレを使ってます」

「タレの味、とな。そのようなもの、どこの店でも似たような味であろう」

「いえ」もう一歩、出る。

「おとっつぁんの味は、ほかにはねえ、とびきりだったんです。それに、その味をお城の台所人も使うようになったんです。そのお役人は、勝五郎と懇意にしているんです、タレを分けたに違いないんで」

「役人だと」

「はい」

　さらに足を踏み出す吉平の横で、一之進が咳を払った。が、吉平はそれに気づかずに、土間を踏んだ。

「お城の表御台所の台所人の古部ってお方と、上役の木戸ってお方が、勝五郎の店に出入りしているんです。勝五郎はそのお役人の口利きで、魚河岸のお城用の魚も手に入れているんです」

「黙れっ」丹野の声が荒らいだ。

「町人の分際で武士を呼び捨てにするとは、無礼千万っ」

あっ、と吉平は頭を下げた。

「す、すみません」

丹野の片膝が浮く。

「そのほう、なにゆえに役人の名を知った」

「あ……勝五郎が店で呼んでましたんで……清風に行ったんです」

「店で……では、どのようにして身分を知った」

土間を踏む足音が鳴った。一之進が進み出たのだ。

「わたしがその場にいたので、お名前を聞いて、あとでわかりました」

「そなたが」丹野が一之進を睨む。

「その件、報告をしたのか」

「いえ」一之進がかしこまる。

「この吉平は、勝五郎が父を殺した科人(とがにん)であると思い込み、店に怒鳴り込んだので、わたしは止めに入った次第で。勝五郎はそのような覚えはない、言いがかりだと申したので、事件に当たらず、と判断をいたしました」

「ふうむ、勝五郎は知らぬ、と言うたのだな」

「はい」

丹野は吉平を見る。

「なれば、そのほうの思い違いであろう」

え、と顔を上げる。口を動かすが、言葉が出て来ない。

「ふむ」丹野が眉間を狭めた。

「言いがかりをつけられた勝五郎が立腹したのだな。して、その腹いせに吉平を襲わせた、ということであろう」

違う、と言いたいが、吉平の喉は嗄れ、声にならない。

丹野は一之進を見た。

「勝五郎も呼び出して話を聞かねばならぬ。日を決めて知らせる。待て」

「はっ」

一之進は礼をした。

「下がってよい」

そう言うと、丹野は奥へと戻って行った。

一之進が吉平の袖を引っ張った。

外へ出ると、一之進は黙って歩き出した。

しばらく進んで辻を曲がると、一之進は足を止め、天を仰いだ。

大きく息を吐き、吉平を見る。

「そなた……ああ、いや……」一之進が顔を振る。

「名を教えたのは、ずいぶん前のことだからな、忘れていたろう」

え、と首をひねる吉平に、一之進は息を吐いた。

「あの与力は丹野平九郎様だ……木戸様と縁戚だと前に言ったはずだ」

「あっ」吉平は口を押さえる。

「あれが、その丹野様だったんですかい……」

「そうだ」

うなだれる一之進の顔を、吉平は下から覗き込んだ。

「そいじゃ、お役人のことは言っちゃまずかったんで……」

一之進がもう一つ、息を吐いて顔を上げた。

「まあ、言ってしまったことはしかたがない。だが、吉平の言ったことは、丹野様から木戸様に伝えられるであろう」

吉平が己の頰をぶつ。

「ああ、すいやせん……どうなるんでしょう」

「どう出るか、わからん。いずれにしても、古部殿と木戸様のことは、不問とされるであろうな」

「不問……握りつぶされるってことですか。そいじゃ、勝五郎が裏で手を結んでることも……」

ああ、と一之進の顔が歪む。

「よいか、ここだけの話だがな、調べを受ける者が吟味方与力に贈り物をして、手心を加えてもらうというのは、よくあることなのだ。世の中には、曲がったことも多いのが実情……まして、縁戚となれば……」

絞り出すような一之進の言葉に、吉平は唾を呑む。

「おれはまた、へまをしちまったってぇこってすね」

手で顔を覆う吉平の背を、一之進は撫でた。

「まぁ、しかたあるまい……まっすぐな道よりも曲がった道のほうが多いのが、世の常だ」

一之進は歩き出す。

「とりあえず、団子でも食おう」

振り返った苦笑に、吉平もゆっくりと歩き出した。

四

開いて甘辛く煮た稲荷揚げにご飯を広げる。そこに吉平は、椎茸の時雨煮を乗せ、巻き上げていく。

つぎは、小海老の時雨煮だ……。吉平は次々に稲荷巻きを仕上げていった。

肩の痛みは引いたものの、屋台は壊れたままだ。ために、以前にやっていた岡持の出商いを、またはじめていた。

木場を売り歩いて、永代寺の門前へと移る。

「おう、吉平、災難だったな」

馴染みの客が集まってくる。

「怪我したんだって、もういいのか」

「へい、おかげさんで」

軽くなっていく岡持に、吉平は久しぶりに笑顔を取り戻していた。

「吉平」

横から細い声が聞こえてきた。

「吉平、大丈夫なのかい」

手を伸ばして、女が寄って来る。

え、と女の顔を見つめた。

「け、怪我を負ったと聞いて……」

震える唇に、吉平は目を瞠る。

おっかさん……。声にならないつぶやきを、吉平は洩らした。

「吉平」

腕をつかんだのは、まぎれもない母おみのの手だった。

「怪我ぁしたって聞いて、来てみたらいないし、どんだけ心配したか……」

赤い目をした母が見上げる。

「おっかさん……なんで……」

「なんでって……ここにいるのは前から知ってたよ。両国だって、何度も覗きに行ったんだ。声……声は、かけられなかったけど……」

はらはらと涙が流れ落ちる。

人の目を察して、吉平はそっと母の手首を取った。

「あっちに行こう」

袖を目に当てる母を引いて、境内の池へと歩き出す。

人気の少ない木陰で、吉平は母と向かい合った。

息子を見つめて、母はまた涙を溢れさせた。

「堪忍しておくれ……堪忍……」掠れた声で繰り返しながら、母が見上げた。

「離ればなれになってずいぶん経ってから、正気になったんだ……そうしたら、なんてひどいことをしちまったんだろうって、やっと気づいて……我が子を手放すなんて……わ、わが……」

嗚咽で言葉が途切れる。

吉平の喉にもだんだんと熱いものがこみ上げてきた。ずっと胸を塞いできた怒りが、溶けて落ちていく。

そうか、と吉平は頷いた。正気を失っていたのか……。

「いいよ、おっかさん……あんな目に遭ったら、正気をなくしても当たり前だ……おれも、もっとしっかりできればよかったんだ」

「いいや」母が顔を振る。

「おまえは悪くなんかない、あたしが悪かったんだ、あたしが不甲斐ないばっかりに……」

吉平は母の肩に手を置いた。

「気にかけてくれてたんだね……捨てられて忘れられたのかと思った」

「忘れるもんか……子供を忘れる親なんていやしないね……」


いるもんかね……」

母の顔が濡れて光る。

吉平も流れ出そうになる鼻水を吸い込んだ。

「会いに来ていいのかい。松吉は変わりないのかい」

うんうん、と母は頷く。

「松吉はうちの人……豊作さんってぇんだけどね、おとっつぁんって呼んですっかりなついて……だから、うちの人も本当の子みたいにかわいがってるんだ。それですっかりやさしくなって、ほかの子供が気になるだろうって言ってくれて……」

「へえ、いい人なんだね」

「ああ……だから、おまえが江戸一を名乗って商いをはじめたって評判を聞いて、豊作さんにも話したんだ。そしたら、見に行ってくればいいって言ってくれてね。両国に行ったんだ」

へえ、と吉平は両国の広小路を思い起こす。常に人でごった返していた光景が、脳裏に甦った。あれじゃ、おっかさんがいてもわからないな……。

「あたしはすぐにわかったよ」おみのは言う。

「岡持を持って立つ姿を見て……背格好がおとっつぁんによく似てた」

母はそっと息子の腕に手を伸ばした。

「こんなに立派になって……」

そう言って、腕をさする。

吉平は腕に温かさを感じて、はっとした。幼い頃の母の手が、一気に甦ってきた。頭を撫でた手、つないだ手、腕をつかんだ手……。

おみのはそっとさすり上げた。

「深川にも行ったんだ。けど、堪忍してもらえるはずはないからね、ずっと陰から見てたんだ」

母はすん、と鼻を鳴らした。

そうだったのか……。吉平は上を向いた。目をしばたたかせると、その顔を戻す。

「おっかさん、おみつはどうしてるか、知ってるのかい」

幼いおみつが、あんちゃん、と呼びかけた声が耳に甦る。

「おみつ……あたしも気になって、徳次さんに聞きに行ったんだ。どこにいるのか、知りたくて……」

「わかったのかい」

ああ、と母が頷く。

「もういいだろうって、教えてくれた。もらわれていった煙草屋は、内藤新宿(ないとうしんじゅく)にあるって」

腕をつかむ母の手に力がこもった。

「吉平、一緒に行っておくれでないか……」

その目が揺れている。

そうか、会うのが怖いんだな……。吉平は頷く。

「わかった、行こう」

「ああ、よかった」母がやっと笑顔になった。

「そいじゃ、近いうちにうちに来ておくれ。そいで一緒に行こう、うちは芝(しば)なんだ、川を渡って……」

場所を説明する。

吉平はそれを頭の中に刻んでいった。

矢辺一之進は大番屋の戸を開けて、勝五郎を振り向いた。

「さ、入れ」

へい、と勝五郎は臆することなく入って行く。

呼び出しに迎えに行ったときも、道中も、狼狽えるふうは見せなかった。

肝の据わった男だ……。一之進は思いながら、奥へと進ませた。

吟味の場に座った丹野にも、勝五郎は少し腰を曲げただけだった。

名を問われ、

「京橋の料理茶屋清風の主、勝五郎と申します」

堂々と声を上げた。

「ふうむ、そのほう、遊び人正三に命じ、江戸一の吉平を襲わせた、というは真であるか」

「はて」勝五郎は首をひねる。

「正三などという男は存じませんが」

え、と一之進は息を呑んだ。そうくるか……。

丹野は扇子を牢屋に差し向けると、町役人に声を投げた。

「正三をここに連れて参れ」

すぐに牢が開けられ、うしろ手に縛られた正三が引っ張られ、土間に下ろされて正座させられた。

勝五郎はそれを見下ろし、「ああ」と頷いた。

「この男でしたか。いや、悪三と名乗ったので、そういう名だと思っていました。はい、存じていますよ。去年、うちの店に盗みに入ったところをこの手で捕まえましたんで」

「ふうむ。して、その折に、江戸一を襲え、と命じたのだな」

「おや、いいえ」勝五郎は首を振る。

「あたしが言ったのは、どうせ狙うなら、うちのような小さな店じゃなく、江戸一番の店を狙え、と……それを思い違いをしたんでしょう」

横に立つ一之進が目を瞠った。なんと……あらかじめ言い逃れを考えていたのだな……。

「なんだと」正三が腰を浮かせる。

「てめえ、はっきりと言ったじゃねえか。両国に立ってる、岡持に江戸一って書いているやつだって」

「はて」勝五郎は首をかしげて、丹野を見る。

「あたしは覚えがありません。この男が、あたしを逆恨みして、罪をなすりつけようとしているのでしょう」

「あんだとっ」

立ち上がろうとする正三を、丹野が睨む。

「鎮まれ」その顔を勝五郎に戻した。

「では、こたびはどうか。深川で屋台の江戸一から壺を盗め、ついでに痛い目に遭わせるように命じられた、と正三は言うておるが」

「はあて」勝五郎はまた首をひねる。

「そのようなことを言った覚えはありませんが」

ぐっと、正三の唾を呑む音が鳴るが、勝五郎は平然と前を向いている。

丹野は扇子を揺らすと、勝五郎をまじまじと見た。

「では、襲われた吉平のことを訊こう。吉平はそなたが父の吉六を殺したと言うていたが、それはどうか」

「滅相もない」勝五郎は手を上げて振る。

「あたしどもはそう言いがかりをつけられて、困っているのです。吉平は、腕に火傷の跡があったからおまえに違いない、などと言いましてね……いやはや、料理人であれば、腕の火傷など珍しくもない、油がはねたり、煮汁を被ったりするのはよくあること。現に、吉六だって腕に火傷の跡があったほどで」

「ふうむ」丹野が顎を上げる。

「そのほうと吉六は、昔、同じ店で働いていたそうだな」

そのことは吉平の吟味のあと、一之進が報告を上げていた。

「はい」勝五郎が頷く。

「吉平は最近になってそれを知ったようで、それでなにやら勝手に思い込んだのでしょう。父を亡くしたために、気の迷いを起こしたと思えば気の毒ですが、さすがに殺しの汚名を着せられるのは迷惑なことで……」

勝五郎は困ったような苦笑を見せる。

一之進はその横顔を見つめた。ここまでとぼけるとは、大した肝だ……。

勝五郎は正三を見て、その目を丹野に向けた。

「ところで、この正三、なにを盗んだんで」

「む……」丹野は改めて正三を見る。

「ゆすりや盗みを謀ったものの、なにも取らず終わっている」

「はあ、さようで。いや、うちに忍び込んだ際も、すぐに見つかった間抜けぶりでしたので、そうじゃあないかと思いまして。ならば、罪は相手に怪我を負わせた、ってことだけですね」

勝五郎は正三を見下ろす。

「おまえさん、身内はいるのかい」

「こらっ」丹野の叱声が飛んだ。

「声をかけてはならぬ」

「ああ、これは失礼を……いや、縄をかけられた姿が哀れになりまして。この先、小伝馬町送りになった折には、飯でも届け入れてやろうかと思ったもので」

あっ、と正三は口を動かす。と、その目を上に向けた。それを受けて、勝五郎が目顔を返した。

一之進は二人を交互に見た。そうか、取り引きだな……。小伝馬町の牢屋敷が頭に浮かんだ。

牢屋敷では、金が物を言う。町人が入れられる大牢では、牢名主などに金を渡すのが常だ。入牢の際、囚人がこっそりと金を持って入るのは、暗黙の了解となっている。牢屋敷の役人も、そこから賄賂を受け取るため、見逃すのだ。牢内では、金のない者は邪魔だとばかりに殺されることが珍しくない。それが知れ渡っているために、囚人の身内は、届け物を持って行く。飯や菓子の中に銭を忍ばせるのが常で、それもやはり役人は見ないふりをする。

「よけいなことを言うでない」

丹野の声に、勝五郎は「はい」と頭を下げた。

ふっとひと息吐いた丹野は、扇子で勝五郎を指した。

「あと一つ、尋ねる。そのほうの料理茶屋には役人が出入りしている、と聞いたが真であるか」

「はい」勝五郎は胸を張った。

「お城のお役人様方には、日頃からご贔屓をいただいております。さまざまなお役目のお方がお見えで、いえ、くわしく存じているわけではありませんが……それに、大名家の方々にもお馴染みのお客様が多く、御家老様や御留守居役、ときにはお殿様御自らお運びをいただくこともあります。ここで、皆様のお名を言うこともできますが」

勝五郎が顎を上げる。

丹野は目元を歪めると、扇子で膝を叩いた。

「それはよい。これにて、吟味は終（しま）いだ、下がってよい」

そう言って立ち上がる丹野に、勝五郎は頭を下げた。

その横目を正三に向け、目元を動かした。

引き立てられる正三も目を返すのを、一之進は見逃さなかった。

「では、失礼を」

勝五郎は目元の笑いを抑えるように、一之進に礼をする。

来た時と同じように、勝五郎は胸を張って出て行った。

五

空になった岡持を手に、吉平は長屋の木戸をくぐった。

すると、入ってすぐの戸が開いた。差配人の部屋だ。

「おかえり、吉平」

土間から顔を覗かせた金造に、吉平は、驚いて足を止めた。

「えっ、あたしだってよくわかりましたね」

「なあに、店子（たなこ）の足音はみんなわかるさ。差配といえば親も同然ってな。おまえにお客人だよ」

身を引くと、そのうしろから人が出て来た。

えっ、と目を丸くする吉平の前に立ったのは、鈴乃屋の主弥右衛門だった。

「待たせてもらってたんだよ」

外に出ると、金造に会釈をし、

「おまえのとこに上がってもいいかい」

奥を見る。

「へい」と吉平は、先に立って弥右衛門を招き入れた。

畳は二枚しか敷いていない部屋を、弥右衛門は珍しそうに見まわす。

吉平は朝、湯を沸かした鉄瓶から、茶碗に白湯を注ぎながら、小さく弥右衛門を振り向いた。なんだってうちに……。

茶碗を前に置かれた弥右衛門は、手にしていた風呂敷を解いた。現れたのは菓子折だ。えっ、と驚きを顕わに、吉平は弥右衛門と菓子折を交互に見た。弥右衛門はかしこまって神妙な面持ちになった。

「ええと……なにから話せばいいか……吉平、おまえは女中のおはると好き合っているのかい」

え、と息を呑む。そのことか……。

吉平はゆっくりと頷いた。

弥右衛門も頷き返す。

「そうかい、おいとと夫婦になれない、っていうのは、そういうことだったんだね」

「すいません」

今度は吉平はかしこまった。

「ああ、いや、責めようっていうんじゃないんだ。好いた惚れたは人の縁だからね、これぱっかりはどうしようもない。で……七月の藪入りのあと、うちのおいとがここに来たそうだね」

「あ、へい」伝わっているのか……。

「留さんも来ていて、そのあとにおはるちゃんが来て……」

「うん、そうらしいね。あとで留七とおはるにも聞いたよ。で、外に出たところでおいとに出くわした、と……」

吉平は黙って頷く。

ほうっ、と弥右衛門はため息を吐いてうなだれた。

「おいとがこれほど一途だとは、思っていなかった……いや……そのあとのことなんだが」

弥右衛門がそっと顔を上げる。

「おいとが癇癪を起こしてね、おはるに茶碗を投げつけたんだ」

えっと、身を乗り出す吉平に、弥右衛門は申し訳なさそうに、首を短くする。

「あたしはその場にいなかったんだが、投げた茶碗が柱に当たって割れたようで、そのかけらがおはるに飛んで……顔に怪我をしちまったんだ」

「怪我って……」

「ああ」弥右衛門は顔を横に振る。

「大した怪我じゃない……いや、そう言っちゃいけないいな。かけらがここに当たって……」

弥右衛門は左の眉の上を指す。

「切れちまったんだ。いや、もちろん、医者を呼んだよ……だが……」

弥右衛門は大きく息を吸い込んだ。

「跡が残ると医者に言われてな」

「跡が……」

　弥右衛門は目顔で頷くと、顔を硬くした。

「吉平、おまえはおはるを嫁に取るつもりはあるのかい」

「はい」

　吉平は間を置かずに胸を張った。

「そうか」弥右衛門は肩を落として、息を吐いた。

「なら、よかった……いや、よくはないが、嫁入り先が決まっているのは救いだ。傷のせいでもらい手がなくなった、なんてことになったら、申し訳が立たないからね。いや、奉公人とてよそ様の預かりものだ、傷をつけて返すってぇだけでも、顔向けできないことだがね」

　眉を寄せる弥右衛門を吉平は、改めて見た。

「すいません」吉平は手をついた。

「奉公人同士の色恋は禁じられてるってぇのに」

「いや、おまえはもううちの奉公人じゃない、誰も咎め立てなどしやしないよ」

　弥右衛門は天井を見上げる。

「人の縁てえものは、天の仕業なんだろうよ。あたしが鈴乃屋に入って、お嬢さんと恋仲になったのも……見えない糸に仕組まれたんだと思っているからね。あのときは、あたしがたぶらかしたんだとか、抜け目のないやつだとか、いろいろと言われたが、いや、あたしにはそんな欲はなかった。気がつけば、好き合っていたんだ」

　へえ、と吉平は目を丸くした。初めて聞く話だった。

「だけど……」弥右衛門は上に向けた目を眇める。

「人の思いと天の仕業は、ずれることもある。片思いってぇのは、そういうことだろう」

　その目を吉平に向けた。

「おいとは虎松と一緒にさせることにしたよ。おいとは自棄気味で承知をしたが、なあに、虎松はずっとおいとのことを好いていたんだ。女は大事にされるのが幸せだからね、夫婦になりゃぁうまくいくだろうよ」

　吉平は、いくつものおいとの顔を思い出していた。菓子をくれた笑顔やすねて膨れた顔、おはるにやきもちを焼いた顔などが、胸の中で揺れる。すまない気持ちが肩をすくませた。

　それを察したように、弥右衛門は言う。

「二人には店を持たせるつもりだ、浅草にね。あっちに行けば、おまえのことも遠くなるだろうさ」

吉平は顔を上げた。

弥右衛門は肩で息をすると、面持ちを弛めた。その口が「これでいい」とつぶやいたように見えた。


その頃。

駿河台(するがだい)の道を、駒蔵が歩いていた。

普段、矢辺一之進の手下を務めているときには、股引(ももひき)姿の腰には十手(じって)を差している。が、腰の十手はなく、御用聞きの商人(あきんど)ふうに、着流し姿の腰には帳面を下げていた。

駒蔵はじっと先を歩く背中を見つめていた。

与力の丹野平九郎のうしろ姿だ。

辻を曲がる丹野に、間合いを取って付いて行く。

歩きながら、駒蔵は道に並ぶ屋敷の門を数えていた。旗本の立派な門構えがずっと並んでいる。

一軒、二軒、三軒……。駒蔵は目に焼き付けながら、進んだ。

前を行く丹野が止まった。

一軒の屋敷へと入って行く。

駒蔵はその前を通り過ぎた。

そのまま道を行き、辻を曲がったところで、駒蔵は立ち止まった。

ふところから切絵図を取り出すと、そっと広げる。

切絵図は町の書肆が作って売っている物だ。

武家屋敷の並ぶ一帯は、一軒ずつ、主の名が記されている。屋敷の門には名を示すものがないため、人はこの切絵図を手に訪れるのだ。

駒蔵は切絵図に目を這わせる。

辻を曲がって五軒目……あ、これだ……。

駒蔵は顔を上げると、早足で歩き出した。

早足のまま、駒蔵は八丁堀へと向かった。

堀の長さが八町であることから、そう呼ばれるようになった八丁堀に、町奉行所同心の屋敷が並んでいる。同心は御家人であるため、門は木を組み合わせただけの冠木門だ。

その一つをくぐると、駒蔵は戸口へ走り込んだ。旗本屋敷には玄関が設えられているが、御家人は玄関を作ることが許されていないため、出入り口は簡素な戸口だ。

「旦那、お知らせです」

「おう」すぐの座敷から、矢辺一之進が出て来る。

「上がれ」

へい、と駒蔵は招き入れられた座敷で、一之進と向かい合った。

「この数日、見ていたんですが、今日、動きがありやした。丹野様はお出かけになられて、あるお屋敷に……」

駒蔵は懐から切絵図を出して、広げる。

「このお屋敷に」

駒蔵が指で指す。

木戸帯刀、と名が記されている。

「旦那の読みどおりでしたね」

駒蔵のささやきに、一之進が「やはりな」と頷く。と、その顔を上げた。

「して、そなた、顔を見られなかったか」

「へい」駒蔵がにやりと笑う。

「こっちのことなんざ、一度も気に留めやしませんでした。ってか、見られたって、きっとわかりませんや。あっしは丹野様のお顔を何度も拝見していやすが、丹野様は大番屋でいっしょになっても、こっちのことなんぞ、一度も気になすったこたぁありませんから」

「そうか」

一之進は苦笑しながら、ほっとする。

町奉行所同心が武士を探るのは、職分を超えている。武士を調べるのは目付の役だ。

苦笑を収めて、一之進は切絵図を見つめた。

丹野様から木戸様へ、話は伝わったな……。

眉間が狭まり、口がへの字に曲がっていった。

第四章　役人の黒い腹

一

岡持を抱えた吉平に、早足で近づいて来る足音があった。

あ、太鼓さん……。吉平は笑みを向けた。

太鼓腹の侍も、顔をほころばせて、前に立った。

「おう、いたな。もうよいのか」侍は顔を覗き込む。

「しばらく前に来たところ、屋台が見えなかったのでな、近くの店で尋ねたのだ。したら、そなた、襲われて怪我をしたというではないか。大事なかったか」

「あ、へい……おかげさんで、大したことはありませんで」

「ふうむ、しかし、屋台が壊されたと聞いたが」

「え、そんなことまでご存じで」

「うむ、店で聞いていたら客が入れ替わり立ち替わり、話に入って来たのだ」

はあ、と吉平は苦笑する。この辺りの人は口の戸が軽い。

「あの」吉平は岡持を差し出した。

「今日は稲荷巻き(いなりま)きが二種なんですけど」

「む……海苔巻きではないのか、これは油揚げか」

「へい、海苔は暑いとべたべたになるんで、今はこっちです。もうすぐ、海苔巻きに変えますが」

ほう、と覗き込む侍に、吉平は指で示す。

「こっちがご飯に甘酢の生姜(しょうが)を混ぜ込んだもの、こっちが椎茸(しいたけ)の時雨煮(しぐれに)を混ぜたもんです」

「ふむ、では、生姜からもらおうか」

侍は手でつまむと、口に運んだ。

頬を動かすにつれ、目元が弛(ゆる)んでくる。

「うむ、よい味だ。揚げの甘辛さと生姜がよく合う。どれ、ではこちらも」

もう一方を手にして、口を開ける。

うむうむ、と喉を動かして頷(うなず)いた。

「これはこれで椎茸の噛み応えがよいな。しかし、わたしはこちらのほうが、より好み……」

もう一度、生姜のほうをつまみ上げる。

咀嚼(そしゃく)をしながら、侍は吉平を見た。

「聞いたことだが、その狼藉者(ろうぜきもの)、前にもそなたを襲ったそうだな」

「あぁ、へい」吉平は苦笑する。

「ちと、いろいろあって、あたしを疎(うと)ましく思う人がいるもんで」

「疎ましく、となら……商売敵(がたき)か、しかし屋台まで壊すとは不届(ふとど)きな。その者、突き出したのか」

「へい、みんなで捕まえてくれて、自身番屋に連れて行かれました。そのあと、大番屋から小伝馬町に送られて、今は牢屋(ろうや)にいるそうです」

「ふうむ、さようか。されば、安心であるな」

ううん、と吉平は顔をしかめる。

「む」と侍は眉を寄せた。

「安心とはいかぬのか」

「へい……その狼藉者は言われて動いただけで、それを命じた男が、あたしを疎んじているもんですから」

「ふうむ、そういうことか……して、その男は捕まっておらぬのか」

吉平は頷く。そんなことまで話していいものかどうか……。迷いつつ侍を見る。

侍はそれを読み取ったかのように、声を落とした。

「なんだ、話してみよ」

吉平も思い切って口を開いた。が、声はささやきに変えた。

「その男、お城のお役人に伝手があるんです。あの、訊きたかったんですが、そのお役人、御家人とお旗本がいて……お旗本だと、やっぱり相当な力があるもんなんでしょうか」

むっと侍の顔が険しくなった。

吉平は初めて見る面持ちに、狼狽える。

「旗本……」侍の鼻に皺が寄る。

「いや、旗本といってもさまざま、御役目にもよるが……その役人、御役や名などわかっているのか」

あ、と吉平は口を押さえた。いけねえ、またしゃべりすぎちまうところだった……矢辺様に迷惑でもかかったら、大変だ……。

「いえ、それは……」

吉平は大きく首を振る。

ふうむ、と侍は険しいままの眼差しで城の方角を見た。

吉平も狼狽えたまま、目を動かす。と、その目が黒羽織に留まった。

「あ、旦那」

手を上げた吉平に、矢辺一之進も気づいて、早足になった。

「おや」一之進は侍に気づき、会釈をする。

「これは、いつぞやの」

「おう」侍が面持ちを変えた。

「矢辺殿、であったな」

「はい、あの折の代金はこの吉平からちゃんと受け取りました」

「うむ、世話になった。いや、今、襲われたという話を聞いていたのだ」

吉平は首を伸ばす。

「矢辺様が駆けつけてくだすったんです」

「ほう、そうであったか。頼りになるな」

「へい」

頷く吉平に、一之進は照れた顔で首を振る。

「いえ、わたしなんぞ……吉平に怪我をさせてしまいましたし、屋台も壊されてしまった始末で」

「いえ」吉平は声を上げる。

「助けてもらわなければ、もっとひどいことになってたはずでさ」

ふうむ、と侍が二人を見比べる。

吉平は頷いた。

「おかげで怪我も屋台も、大したことなくすんだんです。屋台も直して使えそうですし」

「ほう、さようか。では、また屋台を出すのか」

「へい、今度は別の丼飯を出そうと、いろいろと考えてます」

「ほう、なにを出すつもりだ」

「へえ、今、考えているのは鰯の蒲焼きで。冬になれば脂が乗って旨くなりますから。それと、おごった深川飯を作ろうと」

「おごったとは、いかような」

「へい、深川飯は浅蜊をのっけて味噌汁をかけたりするかっこみ飯ですが、それをもっと料理して……浅蜊と葱を煮込んで、卵をおごってとじにして、それをご飯にのっけたら旨いんじゃないかと」

「ほほう」侍の眼が動く。

「それは旨そうだ。屋台が直ったらまた来よう」

「へい、ぜひ、お越しを」

吉平が頭を下げると、侍は懐から巾着を取り出した。その中から、二朱金をつまみ出した。

「小銭がないので、釣りは要らぬ」

「あ、なれば」

　一之進が懐に手を入れる。

「ああ、いや」侍がそれを制した。

「今日はよいのだ、これは見舞い金だ」

侍は吉平の手に、二朱金を押しつけた。

「え、けど」

　狼狽える吉平に、侍は掌を見せる。

「よい、わたしは早く新たな丼飯を食したいのだ」

え……へい、と吉平は手を握りしめると、それを額に掲げた。

「ありがとうございます、これで屋台の木材が買えます」

では、と侍が踵を返す。

「あ、お名前を聞いても……」

吉平が手を伸ばすと、侍は振り向いた。

「いや、名乗るほどの者ではない」

そう言いつつ、ああ、と笑った。手を腹に当て、ぽんと叩く。

「そうさな、狸だ」

笑いを残して、足早に去って行く。

吉平は手を開いて、小さな金の板を見つめた。

一之進もそれを覗き込んで、遠ざかって行く狸の背中を見た。

「よいお人だな」

「へい」

吉平も人混みに紛れていく背中を見送った。

二

吉平は長屋の奥から屋台を担ぎ上げ、自分の部屋の前へと歩き出した。

井戸端に集まっていた女達が顔を上げる。

「おや、きっちゃん、どうするんだい」

へい、と吉平は屋台を部屋の前に下ろした。

「しばらく、ここに置かしてもらってもいいですかい、邪魔になって申し訳ないこってすが」

「そりゃ、かまわないけど」

女達が立ち上がる。

「また、屋台を出すのかい。けど、壊れてるんだろう」

「ええ、だから、直そうと思って」

吉平は折れた木組みを撫でる。

「直すって、自分でやるのかい」

おうめが呆れたように口を開く。

「へえ、金もかけらんねえし、木材を買ってくりゃなんとかなるんじゃねえかと」

「ああ、それなら待ってな」おうめが背を向けた。

「おとっつぁんを呼んで来てやっから」

長屋を出て行く背中を見て、女達が言う。

「おうめちゃんのおとっつぁんは若い頃、大工だったんだよ」

「そうそう、新八(しんぱち)さんは腕のよさで、この辺りじゃ知られていたもんだ。今は通りの向こうに住んでるのさ」

「へえ、そうなんで」

話の輪の中に、おうめが父親を連れて戻って来た。

「そら、この屋台なんだ。見てやっておくれな」

おうめの言葉に、新八が屋台をぐるりとまわる。

「ふうん、あちこち壊れちゃいるが、でえじなとこは無事だな」

「直るかい」おうめが覗き込む。

「きっちゃんはさほどお金を持っちゃいないから、新しいのは買えないんだ」

へい、と進み出た吉平を、新八が見る。

「てめえで直すつもりだったのかい」

「へい、試しにやってみようと」

「へん」新八が口を曲げる。

「無謀だな」

吐き出すような言葉に、え、と吉平はうしろに退いた。

女達は開いていた口を閉じて、顔を見合わせた。

「けど、おとっつぁん」

おうめが父親に歩み寄ろうとしたとき、新八は「ふん」と鼻を鳴らした。

「しょうがねえな。そんじゃ、教えてやるよ」

「えっ」吉平が進み出る。

「いいんですかい」

「ああ、その代わり自分でやるんだぞ。大工仕事ってのは、てめえでやらなきゃ身につかねえ。けど、一度身につけりゃ、この先もずっと忘れねえ。男は家でも店でも、小せえとこくらいは直せるようになっとかなきゃな」

「へい、ありがとうございます」

吉平は声を張り上げた。

と、戸ががたがたと開く音が鳴った。

隣の新左衛門が出て来る。

「邪魔をいたす」輪の中に入ってくると、新八と向き合った。

「大工殿、それがしも教えを受けてもよろしいか」

「へっ」新八は身を反らす。

「御浪人さんも、ですかい」

「うむ、この屋台を直すのを手伝うことにいたす。さすればいろいろと覚えることもできよう」

「へえ、そりゃ、あっしはかまいませんが」

「そうか、かたじけない」新左衛門は目を自分の部屋に向けた。

「いや、実を申せば我が家、棚は傾いておるし、戸も歪んでいるのだ。以前、我流にて棚を直したところ、意に反してますます傾きがひどくなり、今では物を乗せることもかなわぬ」

ぷっと、女達から笑いが洩れる。

新左衛門は咳(せき)を払った。

「大工仕事を習い、棚を直し、この歪んだ戸も直したいと考えておる所存」

長屋の部屋の戸は、借りている店子の持ち物だ。自分で買い、家移りの際には持って行く仕組みだ。

「なるほど、わかりやした」

新八は胸を叩いた。

「そいじゃ、屋台の直しを手伝ってもらいやしょう、ノコの使い方や釘の打ち方からお教えしまさぁ」

「おう、そうか。頼むぞ、大工殿」

吉平はその顔を見る。

「いいんですかい」

「む、そなたは迷惑か」

「いいえ、とんでもねえ。助かりやす」

そのやりとりに、新八は腕をまくり上げた。

「ようし」と笑顔になる。

「そいじゃ、まず、寸法の測り方から教えるとするか。おうめ、おれの道具箱を取って来てくんな」

「あいよ」

おうめが走り出す。

吉平と新左衛門は、襷を持ち出してくると、袖を括り上げた。


数日後。

夕刻の戸に人影が映った。

「吉平、いるか」

矢辺一之進の声だ。

へい、と戸を開けると、一之進はするりと入って来た。

「屋台を直しているのか」

置かれた屋台を振り返る一之進に、吉平が頷く。

「へえ、そうなんでさ。みんなが助けてくれるんで、また担げるようになりそうなんでさ」

「ほう、それはよかったな」

一之進は勝手に上がり込む。

吉平は白湯を出して向かい合った。

「なにか……」

「うむ、あの正三だ。今日、落着した」

「お沙汰が出たんですかい」

「そうだ、江戸払いになった。駒蔵に確かめさせたところ、高輪の大木戸から出て行ったそうだ」

江戸払いは江戸の町からの追放だ。沙汰が下りると、その日のうちに江戸の出入り口である大木戸まで連れて行かれ、役人の監視のもと、町を出て行く。

「江戸払い……あたしは場合によっちゃ、所払いくらいですまされるのかと思ってやした」

所払いはより軽く、住んでいた町からの追放だ。

「うむ、結局のところ、金は取っていなかったからな」一之進が頷く。

「しかし、勝五郎に命じられてやったと言ったが、それは嘘だった、と白状したのだ」

「白状って……それこそ、嘘じゃないですかい、勝五郎がやらせたに決まってるんだ」

うむ、と一之進は頷く。

「まあ、そこなのだが……」

一之進は大番屋での吟味のようすを話す。

「勝五郎はしらを切った。で、暗にそれに合わせろ、と正三に取り引きを持ちかけたのだ。牢屋敷に金を届け入れるから、とな」

「金……」

牢屋では金がものをいうと、江戸の者は皆、知っている。

「そうだ。正三にしても、悪くない話だろう。金を届け入れてもらえれば、牢で無事に過ごせる。さらに、そもそもあやつは勝五郎に使われることに嫌気が差していた。江戸払いとなれば、縁が切れるからな」

「そうか」

吉平は、正三の歪んだ顔を思い出していた。

一之進は声を落とす。

「駒蔵に見張らせていたのだが、勝五郎は雇い人の政次を使って、牢屋敷に重箱を届けさせたそうだ。料理を詰めて、その中に金を忍ばせたに違いない」

「そうでしたか」吉平は腕を組む。

「勝五郎のやつ、したたかですね」

「そうさな。おそらく、木戸様を通じて丹野様に願い出ていたことであろう。正三のこと、よろしく取り計らってくれ、と。勝五郎にしても、正三は追い払いたかったに違いないからな」

吉平は黙って頷く。

が、うしろに手をつくと、その顔を天井に向けて大きな息を吐いた。

「ああ、そいじゃ、おとっつぁんを手にかけたことも、表沙汰にはできねえで終わるんでしょうね」

一之進がうつむく。

「面目(めんぼく)ない」

「いえ」吉平が身を起こした。

「旦那のせいじゃないのは、わかってやす。あたしだって、世の中のことをだんだんと知って、筋や道理がまっすぐに通るもんじゃねえってことはわかってきやしたから」

ううむ、と一之進は唸(うな)る。

「なんとも不甲斐(ふがい)ないばかりだ」

いいえ、と吉平は背筋を伸ばす。

「仇討(あだう)ちは法に頼るよりも、この手でやったほうがいい」

「や、そいつは……」

手を上げる一之進に、吉平は笑顔を向けた。

「大丈夫でさ、もう二度と殴り込んだりはしやせん。味で勝ってみせやす」

「そうか」ほっと一之進の顔が弛む。

「うむ、おまえならやれる。いつか、江戸一の店を再開させて、客を集めることができる。清風なんぞ、すぐに超えることができよう」

「へい」

吉平は、胸を張った。

「やってみせまさぁ」

うむ、と一之進は頷く。とその顔を真顔に戻した。

「ところで、その後、なにもないか」

「なにも、とは」

「いや、また狼藉者などが来てはいないかと、ちと気になったのでな」

「ああ、あれきりありません」

「そうか、なればよいが」一之進は眉を寄せる。

「気をつけるのだぞ、勝五郎は野放しだからな」

「へい」
吉平も神妙に頷いた。

三

吉平は小さな橋を渡って芝の町に入った。
母に聞いたとおりに道を進むと、すぐに八百屋が見つかった。
店先で、男が客に対し、その横で少年が青物を並べている。
え、と吉平は少年を見た。松吉だ……。
別れたときには五歳だったが、その頃の面影が残っている。
奥から、牛蒡(ごぼう)を盛った笊(ざる)を抱えた女が出て来た。母のおみのだ。
吉平は、そっと近寄って行く。
牛蒡を並べていたおみのが顔を上げた。
「吉平」
その声に、豊作と松吉がこちらを見た。松吉はきょとんとしている。
吉平は足早に寄って行くと、豊作に向き合った。

おみのが間に立って、豊作の腕をつかむ。

「これが吉平で……」

「そうかい」豊作が笑顔になった。

「話は聞いてるよ、江戸一の名を継いで評判なんだってな」

いいえ、と吉平は頭を下げた。

「すいやません、急に来て」

「かまやしねえよ。おみのは深川から帰って来てから、おまえさんと話ができたって喜んでな、よく笑うようになったんだ。こっちもうれしいぜ」

吉平は肩をすくめる母を見た。と、そのうしろに立つ松吉に目を移した。

「松吉、覚えてるか、あんちゃんだ」

松吉は一歩下がって、ためらいながら二歩、進み出た。

「あんちゃん、かい」

「おう、そうだ、忘れてなかったか」

うん、と松吉は頷く。

「あんちゃんがご飯を作ってくれたのを、覚えてるよ」

そうか、と吉平は熱くなってくる目を閉じた。

豊作は前髪のある松吉の頭を撫でて、吉平を見た。

「松吉はうちを継いでくれるって言ってるんだ、なっ」

「うん、おいら、立派な八百屋になるよ」

松吉は豊作を見上げて頷く。

おみのは二人を目で示して、吉平に微笑んだ。

「そうか、よかった」吉平は豊作に改めて頭を下げた。

「こんなに立派に育ててもらって、ありがとうござんす」

「いや」豊作は手を振る。

「礼を言うのはこっちだ、いや、それよか詫びを言わなきゃなんねえ。おまえさんもおみっちゃんも、みんなまとめて引き取れればよかったのに……すまねえ」

頭を下げ返されて、吉平は首を振った。

「いや、あたしが不甲斐なかったんでさ、長男だってのに」

「違うよ」おみのの声が漏れた。

「あたしが……おっかさんが情けないばっかりに……」

豊作の手が、おみのの肩に伸びた。

「んなこたぁねえよ、いきなり災難に遭えば、誰だってまっすぐに立ってられなくなるってもんだ……さ、行って来な。おみっちゃんに会うんだろ」

おみのが潤んだ目を上げる。

豊作が穏やかに頷くと、おみのは急いで掛けていた襷を外した。

「すいません、行って来ます」

吉平は会釈をして、母と歩き出した。

北へ向かって歩きながら、母はこれまでのことを訥々と話す。

「あの家にいって、そのうち、少しずつ眠れるようになって、ちょっとずつおまんまも食べられるようになって。そしたら、だんだん、正気が戻って来て……そしたら、とんでもないことをしちまったって思ってきて……」

「うん」と吉平は母の言葉に返す。

「そうだったのかい」

そういえば、おれも鈴乃屋に入ったあと、よく夢を見て飛び起きたな……。思い起こしながら、自分より小さくなった母を見た。

「おみつのところにも、見に行ったのかい」

ううん、と母は首を振る。

「内藤新宿なんて、遠いし、行ったこともないし……」

「そうか、おれも行ったことないや」

吉平は徳次を訪ね、おみつのもらわれていった店の場所を聞いていた。まあ、行けばわかるだろう……それより……。

吉平は町で見てきた煙草屋を思い返す。自分では吸わないため、入ったことはないが、前を通る際に、気になって目が向いていた。

煙草屋には必ず看板娘がいる。

煙草の味を試したい客は、看板娘から煙管（きせる）を受け取る。娘は煙草に火をつけて吸うため、赤い紅（べに）が吸い口に残る。客の男らは鼻の下を伸ばして、それを自分の口につけるのだ。

おみつ、と吉平は口中でつぶやいた。つらい思いをしてなけりゃいいが……。

道の向こうに、内藤新宿の宿場町が見えてきた。

ここか、と吉平は立ち止まった。

道の向こうに、徳次に聞いた赤城屋（あかぎや）という看板が掲げられている。

店は入ってすぐに座敷があり、刻まれた煙草の葉が入った箱が並べられている。

奥で主（あるじ）と見える男が、葉を小さな包みに分けていた。

目は手前に釘付けになっていた。

おみつだ……。座敷の端で、愛想よく客と話している娘がいる。

別れたときには八つだったおみつが、すっかり娘に変わっていた。が、その顔はすぐにわかった。二枚目だと評判だった父吉六の面影がそこにあった。

吉平は母を振り向いた。

おみのはじっとおみつを見つめ、口を震わせている。

「おれが行って、話をしてみるから、おっかさんはここで待っていてくれ」

おみのは頷くと、赤城屋が斜めに見える路地に身を寄せた。

吉平は店へと入った。

「いらっしゃいまし」

おみつは愛想よく、高い声で言う。目が合うが、なにも気づいたようすはない。

鮮やかな紅に彩られた唇から、吉平は目を逸らして、座敷に腰を下ろした。

「いい煙草はあるかい」

金造にあげればいい、と吉平は考えていた。

「はい、辛いの甘いの、どっちがお好みで……」

おみつはそう言いながら、葉の入った箱を開ける。

吉平はちらりと奥を見た。主は背を向けている。

そっと身を乗り出すと、吉平はささやいた。

「おみつ、おれだ、あんちゃんだ」

おみつの目が見開く。

え……と動く口に、吉平は目で頷いた。

「差配さんにここを聞いて、会いに来たんだ」

おみつの口が、あんちゃん、と動いた。眼が動き、吉平の顔中を見まわす。目がみるみる潤んで光った。

その目で養父を振り返る。こちらに気づいていないようすに、おみつはほっとしたように、顔を戻した。

まずいんだな、と吉平は察してさらに声を落とした。

「おっかさんも来てるんだ」

そう言って、目顔で道の向こうを示した。

おみつの目が、路地に立つ母を見た。

離れてはいるが、目が絡み合ったのが、吉平にわかった。

母は顔に手を当てると、膝を折ってしゃがみ込んだ。

が、おみつはその姿から顔をそむけた。

「なんで、今さら……」

吐き出すような声でつぶやく。

吉平は妹の尖(とが)った口を見た。やっぱり許せないか……。

捨てられた、という思いと怒り……かつて自分が抱いていたのと同じ思いが、その歪んだ面持ちに見てとれた。

吉平はささやく。

「おっかさん、堪忍(かんにん)してくれって、泣いてたよ」

ふん、とおみつはさらに顔を逸らす。

吉平ははっと顔を上げた。主がこちらを見ている。

「ああ」吉平は声を出した。

「そいじゃ、辛いのをもらおうか」

おみつも「はいな」と顔を戻した。

葉を包むおみつの目が、ちらりと道の向こうを見た。

吉平は懐に手を入れながら、立ち上がって振り返る。

顔をそむけたのが見えたのだろう、母は顔を手で覆(おお)っていた。

外から客が入ってきた。

「いらっしゃいまし」

おみつの声が上がる。

吉平は代金を渡すと、おみつを見た。が、顔をそむけたまま、おみつは客へと寄って行った。

店を出た吉平は、母の腕を取ってゆっくりと立たせた。

「さ、行こう」

来た道を歩き出す。

「元気だったよ」

吉平の言葉に、母は涙を拭(ぬぐ)いながら頷く。喉が震えるばかりで声は出てこない。

「小さい頃もそうだったけど、ますますおとっつぁんに似てきてた。看板娘で大事にされてるみたいだ。いい着物を着てた」

そう、と母はやっと声を出した。

「あれなら」吉平は話し続ける。

「きっといい嫁入りの話も来るだろう、心配は要らないさ」

そう、と母は頷く。

二人はゆっくりと来た道を戻る。と、

「お客さーん」

二人の背後から声が飛んできた。

振り向く吉平の目に、走ってくるおみつが飛び込んだ。

「忘れもんですよぉ」

手を上げながら走ってくる。が、手にはなにも持っていない。

立ち止まった二人に、おみつが追いついた。

荒い息のまま、おみつは母を見た。

じっと母の顔を見つめる。

「あたしのこと、忘れてなかったの」

見つめられた母の頬が震える。

「忘れる、もんか……ずっと……」

その顔が濡れて、うつむく。

「おみつ、堪忍……」

背中を丸める母を、おみつは見つめた。母の背中が大きく震える。

「堪忍しておくれ……」

おみつはじっとその背中を見下ろす。

濡れた顔を上げて、母が右手を伸ばした。

「おみつ」

と、娘の手を取った。

おみつはされるがままに、手をまかせた。

吉平はつながった二つの手を見つめた。と、妹の手に力が入るのがわかった。

母の手を握り返すと、おみつはつぶやいた。

「おっかさん……」

ああ、と母はもう一方の手も重ね、力を込めた。

「おみつ、ごめんよ」

おみつの目が赤くなっていく。

「おっかさん」

そうつぶやく声が大きくなった。

うんうん、と母が娘を見る。

「おっかさん」

おみつの声が泣き声に変わった。

その目から、涙が一気に溢れ出る。

「おみつ」

母がその身体を抱き寄せる。二人の嗚咽が重なった。

吉平は唇を噛み、そっと顔を横に向けた。

四

「これでどうでしょう、親方」

吉平は作った掛け行灯を手に掲げた。

「おう」

大工の新八はそれを受け取り、まわして四方から見る。

「いいだろう。ちぃと歪んじゃいるが、ま、人にはわかりゃしめえ」

返された行灯を手に取って、吉平は笑顔になった。

周りに集まっていたおかみさんらも、声を上げた。

「きっちゃん、よくやったねえ」

「よかったねえ」

へい、と笑顔を巡らせ、それを傍らの新左衛門に向けた。

「先生、字を書いてください」

ぺこりと頭を下げた吉平に、新左衛門が頷く。

「うむ、承知。表に江戸一、横にめし、であったな、両脇とも同じでよいのか」

「へい、いつか店を持ったら、おとっつぁんのときと同じに、もう一方には煮売と書きやす。けど、今は丼飯だけなんで」

「ふむ、そうか。なれば、いずれ作り直す際には、またそれがしが書くといたそう。人に任せるでないぞ」

「へい」

吉平は笑顔で、屋台を手で撫でた。

「こんなにきれいに直るなんて、これも親方と先生に手伝ってもらったおかげです。ありがとうござんした」

深々と腰を折る吉平に、新八は胸を張りつつ笑う。

「なに、おまえも頑張ったし、先生も熱心にやってくだすったおかげよ。けど」

新八は真顔を新左衛門の手に向けた。

「指は大丈夫ですかい、筆作りに障りがでちまったんじゃねえかと、気になってたんですけど」

新左衛門は手を上げる。人差し指の爪が紫に変わっている。

「いや、案ずるに及ばぬ。真(まこと)を申せば、二日ほど休んだが、武士たるもの、怪我などは強き意志にて克服できるもの」

「けど、まだ爪が……申し訳ありません」

吉平が肩をすくめると、新左衛門は顎(あご)を上げた。

「いや、そなたが詫びることではない。おかげで、見よ」

自分の部屋の戸を顎で示す。

「戸を直すことができた。開け閉めで音が鳴ることもなくなり、それがしはいたって心地がよい。親方殿の教示のおかげである」

「いやぁ」新八は胸を反らす。

「正直、お侍さんがノコや金槌(かなづち)をまともも扱えるようになるのか、あっしはちっと心配だったんですがね。指を打ったときには、もうやめちまうんじゃねえかと……」

うほん、と新左衛門は咳を払う。

「武士の面目は、それしきのことでは潰(つぶ)れぬ。いや、むしろそれがし、こたびの修練で大悟したのだ」

「たいご……」

きょとんとする吉平に、新左衛門がうなずく。

「うむ、深く悟ったのだ。それがし、剣術を修め、学問も身につけ、書をものしたゆえ、一角の男と思うていた。しかし、大工仕事の修練で、釘の打ち方も知らぬ身であったと思い知ったのだ。これで一角などと胸を張ることは、驕りにほかならぬ、とな」

はあ、と吉平は目を見開く。

「いやぁ」新八が大きな口を開いた。

「そんなこと言ったら、あっしなんざ立つ瀬がありませんぜ、大工仕事っかできねえんだから。煮炊きなんざ、おまんまさえ炊けやしねえ」

「む」新左衛門が神妙な面持ちになる。

「煮炊きか、それがしもできぬな。飯だけは炊けるが、ほかは煮売屋頼りだ」

江戸は独り者が多いため、おかずとなる菜の物はいろいろと売りに来る。味噌汁も刻みねぎと納豆を味噌でまとめた物を納豆売りが持って来るため、お湯さえあればできる仕組みだ。

いや、と新左衛門が吉平を見た。

「煮炊きとなれば、よい師がいるではないか」

え、と吉平は目を丸くする。

「や、あたしなんぞ、人様に教えるガラじゃありません」

首を振りながら、新左衛門の袖を見た。

「煮炊きは煮売屋がいますし、それよか、針仕事のほうが役に立つんじゃないですか」

ほつれた袖を指でさす。

む、と新左衛門は袖を見て、その顔を女達に向けた。

「それも確かに」

あらぁ、と女達が首を振る。

「針なんて、そんなの覚えなくたって、あたしらがやりますよ」

「そうそう、そのくらいのほつれ、あとでちょちょいとやりますから、持って来てくださいな、ねっ」

「そう、いつでも言ってくだすっていいんですよ」

うんうん、と皆で頷き合う。

「ううむ、されど、人の手を煩わせては、一角の者とはいえぬゆえ……」

眉を寄せる新左衛門の前に、新八が進み出た。

「なあに、人に頼るってのは恥ずかしいこっちゃありませんや。みんな、それぞれに得意なものが違うんだ、その手を貸し合って生きるってのが、町の暮らし方だとあっしは思いやすがね」

「そうそう」

女らの声が揃う。

「あたしら、人の世話をするのが好きだしさ」

「そうさ、それで喜ばれれば、こっちもうれしくなるんだ」

「お互い様でいいんだよ、ねえ」

おかみさんらの言葉に、吉平も新左衛門を見た。

「先生がそんなことを言ったら、あたしはこの先、いろいろと頼みにくくなっちまう……あ、これまで迷惑でしたか」

「いや、迷惑ではない」新左衛門が咳を払う。

「この先も遠慮はいらぬ。皆の言うことも道理である」

「ああ、よかった」

吉平は笑顔になった。

うむ、と新左衛門も面持ちを弛めて、手を伸ばした。

「行灯をよこすがよい。字を書いて進ぜよう」

「へい、お願いしやす」

吉平は行灯を渡して、改めて皆を見た。

「皆さんも、うるさいのを我慢してもらって、ありがとござんした」

「かまやしないよ」

「ああ、これでまた屋台を出せるんだから、頑張りな」

女達が笑顔を振り向けて散って行く。

「さて、そいじゃ行くか」

襷を外す吉平に、新八が歩き出しながら問う。

「どこ行くんだい」

「へい、魚屋に鰯を買いに」

吉平は軽やかな足取りで長屋を出た。

朝早く、吉平は魚河岸（うおがし）の人混みの中に入った。

「おう、どうした、吉平、シケた面(つら)ぁして」

伝七の声が飛んできた。

「あ、親方」吉平は寄って行く。

「ちょいと聞いてもらっていいですかい」

「おう、なんでえ、言ってみな」

木箱に座る伝七の横に、吉平も並んだ。

「実は、屋台が直ったんで、鰯の蒲焼きを飯に乗せたのを出そうと思って、夕べ、やってみたんです」

「ふうん、鰯か」

「へい、寒くなって脂がのって旨いときだし。けど、脂が強すぎて、タレとうまく合わなくて、思ってた味にならなかったんでさ」

「なるほどなぁ、そうかもしんねえな……けど、穴子と海老天は評判がよかったんだろう、そっちをやりゃあいいじゃねえか」

身を反らす伝七に、吉平は首を振る。

「いやぁ、店を出したときにたくさんの料理を出せるように、今のうちからいろいろと作ってみたいんで」

「ふうん、そうか」伝七は立ち上がる。

「なら、蛸はどうだ」

生け簀のほうへと寄って行く伝七に、吉平も続いた。

「そら」伝七は生け簀でうごめく蛸を指さした。

「いい蛸が入ってるぜ」

「蛸」

吉平は身を乗り出して覗き込んだ。

蛸は江戸でもよく食べられる。煎茶と酒、そこに醤油と柚子などを加えて煮る蛸の江戸煮は、鈴乃屋でも人気だった。

そうか、と吉平はつぶやく。蛸をタレで煮て、それを飯に混ぜ込んだらどうだろう、上に柚子を散らして……。

「やってみやす」

吉平は伝七に向いた。

「おう、そうかい、なら」

伝七はそう言うと、手鉤を取った。が、その手を止めると、吉平を横目で見た。

「おまえ、蛸は捌けるのかい」

「あ、いえ」

首を振る。鈴乃屋ではいつも竹三が捌いていたのを思い出す。おとっつぁんはどうだったか……。江戸一の台所も甦ってきた。

「おとっつぁんは、生きてる蛸はやってなかった気がする」

吉平のつぶやきに、伝七は手鉤を放した。

「おう、そうだろう。吉六にはおれが言ったんだ。あいつはひととおり捌けたけど、聞いたら店は一人でやってるっつうからよ。なら、鰻や蛸なんぞ手間のかかるもんは魚屋に任せて、おめえは料理に手間をかけなってな」

「あ、そうだったんですかい」

「そうさ、餅は餅屋ってこった、そんならおまえも捌いたのを持っていきな、こっちだ」

大きなまな板のほうへと行く。

捌かれた蛸が笊に積まれていた。伝七は大きな蛸をとると、「そら」と掲げた。

吉平は慌てて抱えていた笊を出した。

「いいか」伝七は蛸を指でつついた。

「茹でるときには気をつけろよ。煎茶を入れて、温い湯で素早く煮るんだ。湯を熱くしたり、茹ですぎると、台無しになるからな」

「へい」

そういえば、そうだったな……。吉平は鈴乃屋の台所を思い出しながら頷く。

「ありがとござんした」

笊を抱えた吉平は、歩き出す。と、その足を止め、あっとつぶやいた。奥のほうに役人が進んで行く姿が見えたからだ。

台所人の古部だ……。

吉平は隅に寄って、その姿を目で追っていく。

お城に納める魚が入った生け簀の前で、古部は河岸の男と話し込んでいる。

おい、と声をかけられ、吉平は慌てて振り返った。

「どうしたい」

伝七が覗き込む。

ああ、と吉平は息を呑み込みながら、目顔で古部を示した。

「お役人が来てますね、よく来るんですかい」

ああ、と伝七が口を歪めた。

「お城の台所役人か、ときどき来るな。あれがほしいこれがほしいなんぞ言ったりもするし、納めた魚に文句をつけに来ることもあらぁ。けど、その実、これが目当てさ」

　伝七は指をわっかにした。

「袖の下ってやつですか」

「そういうこった。河岸のほうも面倒なことは言われたくねえから、適当に合わせるのさ。お役人には改方もいなすって、そういうのも調べに来たりするがな、なあに、小さい袖の下はわからねえからな」

「へえ……あの、前にあっちの人から、聞いたんですけど、なかには料理人に流すこともあるって……」

「ああ、そうさな、おれも聞いたことはあるよ。その分の分け前も、袖の下になるんだろうよ」

　伝七は、けっと、鼻を鳴らした。

吉平は古部を目で追う。河岸の男と話しながら、古部は物陰に消えて行った。

「まっ」伝七の手が肩を叩いた。

「んなこたぁ、おまえの気にするこっちゃねえ、料理人は料理のことだけを考えな」

伝七が目で笑う。

「へい」

吉平は笊を抱え直すと、河岸の人混みの中を歩き出した。

五

たこめし、と書かれた小さな幟（のぼり）が木枯らしにはためく。

「おっ」客が屋台の前で足を止めた。

「江戸一、戻って来たか」

「へい、おかげさんで屋台も直りました」

吉平の笑顔に、

「へえ、今度は蛸かい」

客が首を伸ばす。

「へい、いい蛸ですよ」

「そんじゃ、もらおうか」

へい、と吉平は丼を作る。

「お待ちぃ」

おう、と箸を動かす客の面持ちが変わっていく。

「旨いな」

吉平の面持ちも弛む。

「おう、おれにもくれ」

客が覗き込み、その横にも並んだ。

次々に丼が手に渡り、客らの顔が笑顔になる。

「おう、こりゃいいや」

「うん、タレがしみこんでうめえな」

吉平は胸を張って、声を上げた。

「旨い蛸飯だよぉ」

屋台の前に、人が集まってきた。


矢辺一之進は、京橋の町を歩いていた。

料理茶屋の清風を横目で見ながら、通り過ぎる。ここしばらく、それが毎日の道筋になっていた。

清風を過ぎて辻にさしかかった一之進は、慌てて辻を曲がった。

反対に背を向けて、そっと顔だけを振り向かせる。

表御台所の台所人古部と、台所頭の木戸が、辻を曲がって行った。

一之進はゆっくりと踵を返し、元来た道へと戻る。

先を歩く古部と木戸に間合いをとって、道の端を歩いて行く。

二人は清風へと入って行った。

やはりか……。喉元でつぶやきながら、一之進は、店の脇の路地へと入った。

その奥で、一之進は二階を見上げた。

密談をするのであれば、二階の一番奥の部屋を使うはずだ……。一之進は、そう考えて耳を澄ませた。

しかし、人の声は聞こえてこない。

下の部屋から、客らのにぎやかな騒ぎが漏れてくる。

台所からも、料理人や女中らのやりとりが聞こえてくる。

一之進はそちらに耳を澄ませた。が、勝五郎の声は聞き取れない。

店の中では、その勝五郎が階段を上っていた。

一番奥の部屋の襖を、勝五郎は開けた。

「お待たせしました」

勝五郎は入って行く。

膳を前にして向かい合った古部と木戸は、しかめた顔で、顎をしゃくる。

へい、と勝五郎は寄って行った。

木戸は手にしていた杯を、音を立てて膳に置いた。

「改めて丹野殿には頼んでおいた。まったく、かようなことになるとは……」

「申し訳ありません」

勝五郎が深々と頭を下げる。

「しかしなにゆえに」古部も杯を置く。

「あの吉平とやらは、我らのことまで知ったのだ」

はぁ、と勝五郎は顔を上げた。

「それが、あやつめ、魚河岸に出入りするようになって、いろいろと嗅ぎつけたようでして」

「魚河岸だと……」

古部が顔をしかめると、木戸も眉間を狭めた。

「なれば、そのほう、当分、上物の仕入れはするでない」

「え、いや、それは……」

「言うことが聞けぬのかっ」

木戸の怒声に、勝五郎が口を閉ざす。

木戸は膝を打って、拳を握った。

「吟味をされたのが丹野殿であったからよかったものの、ほかの吟味方であればどうなっていたことか」

「真」古部が頷く。

「下手をすれば、我らもこうしてはおれぬところだったのだぞ、まったく、迂闊なやつめ」

はあ、と勝五郎は首を縮める。

そのとき、廊下から声がかかった。

「失礼しやす」

襖が開いて、入って来たのは、盆を手にした政次だった。

「お待たせしやした」

膝で寄って行くと、盆の小鉢を二人の膳へと置いて行く。

「鮑の酒蒸しで」

ふむ、と古部が睨む。

「ほかの者は近づけるでないぞ」

「はい」

と、政次は出て行った。

鮑を噛みながら、木戸が勝五郎を見た。

「その吉平とやらは、そなたを父親の仇だと言うているそうだな」

あ、と勝五郎は片目を歪める。

「いや、それは、やつの言いがかりでして」

「だが」古部が鼻に皺を寄せる。

「江戸一の主が殺された、というのは真のことだそうではないか」

「はあ、まあ……」

声の掠れる勝五郎に、古部と木戸は顔を見合わせた。

「ふん」と、眉を寄せる木戸に、古部は頷いた。

勝五郎を見ると、声を低くした。

「そなたがそのような厄介事を抱えていたとはな……その始末、己でつける覚悟はあるのだろうな」

「は、覚悟、ですか」

うろたえる勝五郎に、古部はそっと身を乗り出した。

「口を封じろ、ということだ」

え、と勝五郎は息を呑んだ。

「失礼します」

そこにまた、政次の声が届いた。

入って来た政次は、盆からまた小鉢を取り分けた。

「鰹のなますです」

その横顔を見ていた勝五郎は、小さく手を打った。

「あ、では、この政次にやらせましょう」

え、と政次が振り向く。

「ふむ」古部が目顔で頷いた。

「そうさな」

下がって勝五郎に並んだ政次が、隣の主を見る。

「なんでやしょう」

勝五郎は咳を払った。

「吉平だ……口を塞いでしまえ」

え、と政次は皆の顔を順に見る。

古部が頷いた。

木戸は聞こえぬふうで酒を飲んでいる。

政次は小声で勝五郎に問う。

「塞ぐって……これまでにも痛い目に遭わしてきたんじゃ……」

勝五郎は小さく顔を横に動かした。

「それで懲りなかったから、だ。これ以上、余計なことをしゃべらないように、口を封じてしまえ、ということだ」

政次は目を見開く。

勝五郎の口が無音のまま動く。こ、ろ、せ、とその口は言っていた。

政次は二人の役人を見る。

古部は、ちらりと目を向けて頷いた。

木戸は素知らぬ顔で箸を動かしつつ、咳を払った。

勝五郎は政次の耳に口を寄せた。

「足がつかないようにやるんだぞ」

政次は声を出さずに、そっとうしろに下がる。
盆を胸に抱えると、政次は廊下へと出て行った。
部屋の襖を振り返りつつ、政次は唾を呑み込む。言われた言葉を喉で繰り返していた。
部屋からは、冷えた笑い声が聞こえてくる。
冷えた笑い声は、二階の窓からもかすかに漏れていた。
その窓を見上げていた一之進は、息を一つ、吐いた。
笑い声しか聞こえぬな……。そうつぶやいて、表へと歩き出した。

第五章　味の道

一

屋台で蛸飯(たこめし)を食べる客の背後から、男の首がにゅっと伸びた。

「よいか」

あ、太鼓(たいこ)さん、と口には出さずに、吉平は笑みを向けた。

「いらっしゃいまし」

客らが空けてくれた正面に、侍は入って来た。

「いや、使いを出したところ、また江戸一の屋台が出ていたと言うので、こうして参ったのだ」

「へい、お侍様のおかげで、こうして屋台を直すことができました。ありがとござんした」

深々と腰を折る吉平に、「いや」と手を上げて、太鼓腹は屋台を見まわした。

小さな幟（のぼり）には、たこめし、と書かれている。

「鰯の蒲焼きではないのだな」

あ、と吉平は苦笑する。

「あれは思うような味にならなくて……」

首を縮める吉平に、侍は微笑（ほほえ）む。

「ふむ、思うようにならぬ時こそ、新たな道が開けるものだ。どれ、蛸飯とやらを一つもらおうか」

へい、とすでに動かしていた手から、丼（どんぶり）を渡す。

大口を開けて頬張る侍を見て、吉平は笑顔になった。

本当に気持ちよく食べてくれるお方だな……。

「うむ」侍が目を細める。

「蛸が柔らかいな、旨（うま）い」

いやぁ、と吉平は首を掻いた。

「蛸は茹（ゆ）で方が難しくて、なかなか……切り方を変えたりもしてるんですが、まだ納得がいかないんで、当分、蛸飯を続けやす。それから、深川飯をやろうかと……」

「ふむ、卵をおごって作るやつだな」

「へい、覚えてくだすってたんですね」

ふっと、侍は笑う。

「言うたであろう、わたしはこうして食べ歩くのが息抜きなのだ」

「はあ……」吉平はかねがね思っていたことを口にした。

「けど、お屋敷ではもっと旨い物が御膳に並ぶんでしょうに……こんなのでいいんですかい」

ううむ、と侍は首を右にひねる。

「確かに、屋敷もお城も旨いことは旨い。八百屋も魚屋もよい物を持って来るからな……」

言いつつ、今度は首を左にひねった。

「うむ、しかし、旨さというのは、それだけで決まるものではない、ということだ。料理への熱のようなものが味を高めるのだ。うむ、わたしはそう思うぞ」

吉平の眼を捉えて、にっと笑う。

顔中に広がりそうになる笑いを抑えて、吉平はまた首を掻いた。

侍は自らの言葉に頷きながら、飯をかき込んでいる。

その飾り気のなさに、吉平は小声で言った。

「けど、御武家様は屋台なんぞ、と見下すお方が多く……いや、それも当たり前だと思いますが……」

ふむ、と侍は空になった丼を戻した。

「そうさな、わたしは昔、部屋住みでよく町を歩きまわったのだ。屋台や飯屋でもよく食うた。ゆえに、なんとも思わん」

「はあ、さいで」

吉平は丼を受け取りながら、侍の顔を見る。部屋住みってことは、上に跡継ぎがいたってことか……御武家にもいろいろ起こるんだな……。

侍が懐に手を入れるのに気がつき、吉平は慌てて手を伸ばした。

「ああ、お代はけっこうでさ。あのときの二朱金で当面、十分ですから」

む、と侍は巾着を取り出す。

「それはならぬ。あれは見舞い金だと言うたであろう。商いは、銭のやりとりを軽んじてはならぬ」

銭を取り出して数えると、「さっ」と手を差し出した。

その真顔に、吉平は銭を受け取った。

「へい、まいどありぃ」

うむ、と侍は笑顔になる。

「また、参るぞ」

そう言うと、背を向けて歩き出した。

「お待ちしてやす」

声を投げると、侍が頷くのがわかった。

笑顔で見送っていた吉平は、はっとしてその笑みを消した。

侍と入れ替わりにやってくる姿があった。清風の料理人政次だ。

また、真似るつもりだな……。吉平は口を曲げる。

政次は、たこめしと書かれた幟に、ふんと鼻で笑いながら、前に立った。

「一つ、くれ」

へい、と吉平は丼を作って渡す。

政次は箸を動かすと、ちらりと吉平を見た。

「茹で蛸を買ったのか」

え、と吉平は戸惑う。これまで、こんなふうなまともな口をきいたことはない。

「いや、茹では自分で……捌きは河岸でやってもらいやしたが」

ふん、と政次は箸と口を動かし続ける。丼はあっという間に空になった。

政次は代金を差し出しながら、吉平を正面から見た。

「悪かぁねえよ」

えっ、とその顔を見返す。

政次はくるりと背を向け、離れて行く。

吉平は口を開いた。これまで言ったことはない、

「まいどありぃ」

と、いう言葉を背中に投げた。

政次はそのまま歩いて行く。が、しばらくして、立ち止まると、小さく振り返った。

なんだ、と吉平は見つめる。が、

「蛸飯、くんな」

やってきた客が間に立った。

「へい」

と、顔を戻し、手も動かす。

「へい、お待ち」

丼を渡して顔を戻すと、もう政次の姿はなかった。

両国橋の袂で、矢辺一之進は下の大川を覗き込んでいた。

小型の猪牙船に乗り込む人々を、目で追う。

あの男、と一之進はつぶやく。清風の料理人……政次と言ったな……。

政次を乗せた船は川を滑り出した。川上へと上っていく。

浅草か、いや、吉原にでも行くのか……。

大川の上流にある浅草には、船で向かう者も多い。とくに吉原に繰り込む男らは、船で行くのを粋としていた。

そんな船を含め、大小多くの船が行き交う川面を、政次を乗せた猪牙船が器用にぬって進んで行く。

一之進はそれを見送っていた。

その背後に、男が立った。

「矢辺殿、お待たせいたした」

おう、と一之進が振り向く。

「大石殿、かたじけない」

一之進は身をまわしながら、両国橋の向こうを指さした。

「回向院でも歩きながら話をいたそう」

本所の回向院は、明暦の大火による十万人以上の犠牲者を祀るため、徳川家綱が建てた寺だ。万人塚にはじまり、その後、さまざまな無縁塚が建てられ、江戸庶民の参拝も多い。人はいるものの、広い墓地であるため話を聞かれなくてすむ。

「うむ」

頷く大石とともに、二人は橋を渡った。


夕刻。

屋台を戸の前に置き、吉平は井戸で丼を洗っていた。十二月の冷たい水に、吉平は素早く手を動かす。と、その手を止めた。人の気配に、吉平は振り返る。

「あ、旦那」

近づいて来たのは矢辺一之進だった。

「おう、洗い物か」

「へい、もう終わりです。中にどうぞ」

丼を屋台にしまうと、戸を開けた。

うむ、と上がり込んだ一之進は、胡座の膝を進めて間合いを詰めた。

「実はな、徒目付殿に聞いたのだ」

「徒目付……」

「ああ、御目付様の配下だ。武士の探索をする際、実際に動いて調べるのはこの徒目付が多いのだ。徒目付は御家人ゆえわたしと同輩……それに、町で探索をすることも多いゆえ、我ら同心とは、見聞きしたことを伝え合うこともある。気心の知れたお人もいるのだ」

「へえ」

「でな……わたしはお城の中のことはよくわからぬゆえ、大石殿に尋ねたのだ。したら、あの表御台所の台所頭、木戸様が来年、昇格されるらしい」

「えっ、出世なさるんですかい」

「うむ、西の丸御殿の御簾中様御膳所台所頭に就くことが、内々に決まったようだ」

西の丸御殿には、世継ぎの正室である御簾中が暮らしている。

「へえ、将軍家の御膳を作るってこってすね」

「そうだ、家臣の御膳を作るのとは大違い、幕臣にとっては名誉なことだ。当然、禄も上がる」

「へぇえ、そうなんですかい」

「うむ、まあ、本丸御膳所のどなたかからご推挙があったらしい」

「御膳所ってのは、公方様の御膳を作るところですよね。そこのお役人といったら、台所では一番偉いんですよね」

「ああ、よく知っているな」

へえ、とつぶやいた吉平は、あっと手を打った。

「そういや、前に、その木戸と古部ってえお役人が、偉そうなお人と清風に入って行くのを見たって話しやしたよね」

「うむ……」一之進は腕を組む。

「そうか、その御膳所のお方の接待だったか」

ふうん、と吉平は足首を持って身体を揺らす。

「出世かぁ……お役人にとっちゃぁうれしいことなんでしょうね」

ああ、と一之進は苦笑する。

「役人は、それに一生をかけるようなものだ。おそらく古部殿も木戸様に引き上げられて、御簾中様御膳所の台所人に出世するだろう。古部殿はずいぶんと貢献しているようだからな」

へえ、と吉平は顔を傾けた。

「あのう、あの二人のお役人の話は、旦那から徒目付ってお人に言ったりはしないんですかい。そうすりゃ、御目付様の耳に届くんじゃないんですかい」

むむ、と一之進は組んでいた腕に力を込めた。

「ううむ、それをすれば丹野様の顔が潰れる……いや、知っていて見逃したと知られれば、お咎めを受けることになろう」

うつむいた一之進の脳裏に、町奉行所の光景や人々の顔が浮かんだ。

陰からわたしが訴えれば、この先、油断のできぬやつ、と皆から警戒されることになる……誰からも相手にされなくなるに違いない……。

一之進はその考えを呑み込み、顔を上げた。

「丹野様ご自身は悪いお方ではないのだ。わたしもこれまで世話になってきた……それに、わたしが裏から告げれば、ややこしいことになりかねん……人が多い役所はなにかとあってな。いや、面目ないことだが」

顔を歪める一之進に、吉平は慌てて手を振った。

「あ、すいやせん、余計なことを……あたしが恨みのあるのは勝五郎だけで、お役人はどうでもいいんで」

小さな苦笑を返すと、一之進は腕をほどいて天井を仰いだ。

「役人は柵の中であがいているようなものでな」

口から漏れるため息を、吉平は黙って聞いた。

「いや」一之進が顔を戻す。

「このようなことを言いに来たのではない……。ゆえに吉平、気をつけるのだぞ。木戸様と古部殿は出世のかかった大事な時だ。これ以上関われば、どう出るかわからんからな」

いや、もしかしたらすでに……と一之進の胸中が揺れる。

「よいか、なにかあれば、すぐに自身番屋に知らせろ。駒蔵にも気をつけるように言っておくが」

言いつつ立ち上がる一之進を、吉平は見上げた。

「へい、わかりやした」その頭を下げる。

「わざわざありがとうござんす」

いや、と土間に下りながら一之進は振り返った。

「おまえになにかあったら、吉六さんに顔向けできないからな」

小さく笑うと、一之進は木枯らしの外へと出て行った。

二

「まいどありぃ」

そう言って客を見送った吉平は、目だけを横に動かした。

あの赤っ面、またいる……。

離れた所から、こちらを見ている遊び人ふうは、一昨日から見かけていた。

酒焼けと見える赤い顔は、口も目元も左が上がって歪んでいる。

吉平は気づかぬふうで、目を逸らすと、そっと腰に差した短刀に触れた。赤っ面の刺すような目つきに一之進の言葉が重なり、差しはじめたものだ。

「ごっそさん」

「へい、まいど」

最後の客が去ると、吉平は屋台を担ぎ上げ、帰りの道を歩き出した。

辻を曲がる際には、目を動かしてうしろを見る。

昨日、赤っ面があとをつけてきたような気がしていたためだ。

次の辻でも同じように目を向ける。が、赤っ面の姿は消えていた。

ほっとして、吉平は道を急ぐ。

裏道に入って、長屋の木戸が見えて来た。

その手前で、吉平は目を見張った。

木戸の近くに赤っ面が立っている。

こちらを見ると、ふらり、と顔を背けて歩き出した。

吉平は目を逸らして、木戸をくぐる。

部屋の前に屋台を下ろしながら、吉平は木戸を目で振り返った。

赤っ面が戻って来ていた。こちらを見ながら、通り過ぎて行く。

いやな目つきだ……。吉平は腹に力を込めると、ふんっ、と息を鳴らした。

気を取り直して、吉平は戸を開けた。長屋には面倒な鍵などはない。中にいるときには心張り棒をかけるが、出かけるときにはそのままだった。

部屋に売り上げの入った巾着と短刀を置くと、吉平は丼を井戸に運んだ。

冷たい水に、思わず手に息を吹きかける。そうして洗っていると、外のほうから足音が近づいて来たのに気がついて、吉平は顔を上げた。

「あ、駒蔵親分」

小さな十手を差した駒蔵が、吉平の横にしゃがんだ。

「さっき、なんだかおかしな男が来ていたな。知ってるやつか」

「いえ」吉平は首を振る。

「けど、一昨日から、姿を見かけるようになって……」

「ふん、そうか」駒蔵は立ち上がる。

「旦那にも知らせておくが、気ぃつけるんだぜ」

へい、と吉平は笑顔になって頷いた。


翌日。

軽くなった屋台を担いで、吉平は帰途についた。

辻を曲がる際に目を振り向かせるが、赤っ面の姿はない。

今日は来なかったな……。吉平はほっと息をつきながら、長屋へと帰った。

木枯らしの中では、子供やおかみさんらの姿もない。

いつものように部屋の前に屋台を置くと、吉平は戸を開けた。

土間に踏み込んで、巾着と短刀を置く。と、はっと顔を上げた。

奥には布団を囲んだ衝立(ついたて)がある。

その衝立が倒れ、人影が飛び出したのだ。

あっ、と吉平は息を呑む。

出てきたのは、赤っ面だった。抜いた匕首(あいくち)を手にして、勢いのままこちらにやって来る。

吉平は置いた短刀を手に取る。

赤っ面が腰をかがめた。伸ばした手でつかんだのは、置いた巾着だった。

巾着を握ると、赤っ面はにやりと口を歪めた。

「もっとあんだろう、出しな」

吉平は素早く短刀の鞘(さや)を抜く。

金が目当てか……どうする……。

男は巾着を懐に入れると、部屋の中を見まわした。

「ずいぶん儲(もう)かってるようじゃねえか、金はどこにしまってある」

その顔を見上げながら、吉平は短刀を構えた。

「金を取ったら出て行くんだろうな」

赤っ面は吉平を見下ろし、ふんと鼻を鳴らした。

「金はついでだ、取るのはおまえの命だよ。さあ……」

男は匕首を向けてくる。

くっと、吉平は喉を鳴らす。そういうことか……。

匕首の切っ先が迫ってくる。

「その前に言いな、金はどこにある」

吉平は目を棚の壺に向けた。

赤っ面はそれに振り向く。

「あれか」

背を向けた男に、吉平は短刀を振り上げた。

刃(やいば)が男のふくらはぎを狙い、着物の裾(すそ)を斬り裂く。

手応えが、刃から手に伝わった。

ふくらはぎから血が飛んだ。

「てめえっ」

身を翻(ひるがえ)した男が、匕首を振り上げた。

吉平はうしろに飛び退いた。

その正面に匕首が振り下ろされた。

着物の前が裂かれ、切っ先は胸をも掠った。

うしろに退いた吉平は、置いてあった屋台にぶつかった。音を立てて、もろともに倒れ込む。

吉平は、屋台に手をついて、上体を立て直した。

土間に飛び降りた赤っ面が、その吉平に被さるように立った。

「ふざけやがって」

叫ぶ男に、吉平は下から蹴りを入れた。

ごふっと呻いて、男が身を折る。

「先生っ」

吉平が大声を上げた。

同時に、隣の戸が開いた。

刀を手にした新左衛門が飛び出してくる。

「なにごとかっ」

短刀を握った吉平と、匕首を振りかざす男を見て、新左衛門は刀を抜いた。

「狼藉者と見た」

言うなり、新左衛門は刀をまわし、峰を上にした。

と、屋台に飛び乗り、男の肩を打った。

赤っ面は再び呻く。が、その顔を下の吉平に向けた。

「くそっ」

肩を押さえつつも、腕を振り上げる。

吉平の顔の上に、匕首の切っ先があった。

「そこまで」

その手首を、新左衛門の刀が弾く。

赤っ面の手から匕首が飛んだ。

「なんだ」

「どうした」

周りからざわめきが上がる。

出てきた長屋の人々が、集まって来た。

吉平は男の横をすり抜けると、屋台の上に立った。

「このっ」

赤っ面の背中を踏みつけ、押さえつける。

「縄を頼む」

新左衛門の大声に「おう」と外から声が走って来た。

縄を手にした駒蔵だった。

「こいつめ」

うしろ手に縛り上げながら、皆を見る。

「番屋に知らせてくれ」

「あいよ」と子供が走り出す。

駒蔵は腕も縛り上げた。

新左衛門と吉平は、屋台から降りた。

「医者も呼んでくれ」

新左衛門の呼びかけに「はいな」と女が走り出す。

「あぁ、あぁ、なんてこった」

差配の金造が手拭い(てぬぐ)を手に、吉平に駆け寄った。

「まぁた、こんな怪我をして」

手拭いで胸を押さえられて、吉平ははっとした。胸から腹へと血が流れている。

新左衛門は手拭いをめくると、傷を覗き込んだ。

「うむ、浅い傷だ、大事なかろう」

はあ、と吉平は眉をしかめる。

「急に、痛くなってきやした」

「うむ」新左衛門が頷く。

「生きておる証(あかし)だ」

そこにいくつもの足音が鳴った。

矢辺一之進が番屋の役人を従えて駆け込んで来る。

吉平は、ほっと息を吐いた。

「大丈夫か」

覗き込む一之進に、吉平は「へい」と頷く。頷きつつ、その目が屋台に向いた。

倒れた屋台が、大きくひしゃげている。折れた木材も散らばっていた。

くそっ……。吉平は赤っ面を睨(にら)む。

「そら、立て」

引き立てられる赤っ面に、蹴りを入れようかと足を踏み出す。が、そこで踏みとどまった。

肩を一之進の手がつかんだからだ。

「あとはこちらにまかせろ」

眼を捉える一之進に、吉平は「へい」と頷いた。

三

「きっちゃん、おはよう」長屋の戸に人影が映る。

「起きてるかい、開けるよ」

吉平が布団から起き上がるのと同時に、戸が開いた。

入って来たのは端の家のおかみさんだった。

「ご飯を持ってきたから、食べとくれ。握り飯は昼の分だからね。ちゃんと食べて早く治すんだよ」

そう言うと、布巾の掛かった盆を置いて慌ただしく出て行った。

吉平は盆の前に膝で進んで、布巾を取った。炊きたての白飯から、湯気が立っている。

「きっちゃん、入るよ」

また戸が開いた。

「たくわんを持って来たよ」向かいの家のおかみさんだ。

「うちのたくわんは旨いよ。切ってあるからね、当分、包丁は握るんじゃないよ、腕を動かすと、傷口がなかなかくっつかないからね」

そう言って小鉢を差し出すと、くるりと背を向けた。

「あ、ありがとうさんです」

声を投げると、入れ替わりにまた女がやって来た。

「どうだい、傷は痛むかい」

大工の娘おうめだ。

「あ、いえ、だいぶ、痛みが引きやした」

「なら、よかった。けど、しばらくはおとなしくしてるんだよ。ほら、炒り豆腐を持って来たから、食べとくれ。卵入りだよ、それと……」

おうめは汁椀を手に勝手に上がり込む。

「お湯はあるね」

火鉢に寄って行くと、湯気を立てている鉄瓶を持ち上げた。

椀に湯が入ると、味噌と納豆の匂いが広がった。

「そら、納豆汁だ。あったまるからね」

おうめは椀を置くと、台所に鉄瓶を持って行った。水瓶から水を足し、また火鉢に戻す。

「さ、ゆっくりお食べ。腕は無駄に動かすんじゃないよ」

おうめは吉平の顔を振り返りながら、土間へと下りた。

「あっ……どうも。いただきやす」

吉平は出て行く背中に頭を下げる。

置かれた小鉢や椀を箱膳に並べると、吉平は納豆汁に口をつけた。

「うめえや」

湯気に目を細めて、ご飯も口に運ぶ。

たくわんを齧る音が、ぽりぽりと響いた。

ほんとだ、このたくわん、旨いな……。

以前、肩を怪我した際にも、いろいろともらったが、そのときは芥子菜の塩漬けだったのを思い出す。

炒り豆腐も口に入れる。甘辛い味が口中に広がった。

昨夜は、壊れた屋台が頭から離れずに、よく眠れなかった。悔しさやこの先のことなどが胸の中で渦巻き、身体が沈んでいくような一晩だった。朝も、布団から出る気がせずに、ぐずぐずと潜っていたのだ。

炒り豆腐をもう一口、食べる。

吉平はぐっと口を閉じた。目頭が熱くなって、喉が震えてくる。

うめえ……。

袖で顔を拭うと、吉平はこぼれそうになる嗚咽を呑み込んだ。

「吉平」また声が上がった。

「それがしだ、入るぞ」

戸を開けて新左衛門が入って来る。

む、と吉平の赤い目を見て、土間に立ち尽くす。

「いかがした。痛むのか」

「あ、いえ、むせただけで」

吉平は首を振る。

新左衛門は箱膳を見て、「うむ」と面持ちを弛めた。

「情けにむせたのだな」

そう言いながら、手にした小鉢を差し出した。

「煮豆だ。煮売屋から買ったのだが、そのほうの余録でわたしも炒り豆腐やたくわんを分けてもらえたゆえ、豆は半分、そなたに進ぜよう」

はあ、と吉平は小鉢を受け取ると、すぐにそれを置いた。と、胡座を正座に変え、新左衛門を見上げた。

「先生、昨日は助けていただき、ありがとうございました」

頭を下げる吉平を、新左衛門は手で制した。

「これ、無駄に動くでない、傷に悪い」うほん、と咳を払う。

「それがしの剣術の腕が十年ぶりに役に立ったのだ、礼には及ばぬ」

胸を張った新左衛門は、吉平の顔を覗き込んだ。

「なにかあれば、昨日のように、呼ぶがよい。少々声を高めれば、聞こえる造りだ、遠慮はいらぬぞ」

手で薄い壁を示す。

真顔で頷く新左衛門に、吉平は笑顔になった。

「へい、そうしやす……頼りにしてますんで」

「うむ、してかまわぬぞ」

新左衛門はさらに胸を張ると「ではな」と背を向けた。

隣に戻っていく足音も、座敷に上がった音も聞こえてくる。

吉平は大きく息を吸い込むと、箸を手に取った。

ご飯を勢いよくかき込み、膳の器を空にしていった。

昼の握り飯を食べ終えた吉平は、近づいて来る足音に耳を向けた。駆けて来る気配だが、聞き覚えはない。

「吉平、いるか」

そう言って戸を開けたのは、一之進の手下の駒蔵だった。

「あ、駒蔵親分」

「おう、いたな。傷はどうだ」

「へい、おかげさんで大したことは……」

「そうか。なら、来てくれ」

土間に立つ駒蔵が顎(あご)をしゃくる。

「え、どこにですかい」

首をひねりつつも、吉平は駒蔵について外に出る。

「大番屋だ」並んで歩く駒蔵が横目を向けた。

「昨日のあの男、今日の吟味(ぎんみ)でべらべらとしゃべりやがった。清風の政次に頼まれて、おまえを襲ったそうだ」

やっぱり清風か……。吉平は顔をしかめる。けど、政次とは……やっと普通にしゃべったと思ったのに……。

「あの男な」駒蔵は眉を寄せた。

「浅草をうろついている無宿人で、名は久松。少し前に、賭場の帰り道に、政次に声をかけられたそうだ。で、ひと仕事頼みたい、と金をもらったと話している、と」

「金、で雇われたんですかい」

「おう、そういうこった。あ、そういや、おまえ、あの男に金を取られたろう」

あ、と吉平は懐を押さえた。

「そういえば、巾着を取られたままだった」

慌てる吉平を、駒蔵は笑う。

「ちゃんと番屋で取り戻したから、大丈夫だ。まあ、そのせいであの久松は押し込みと盗み、それにおまえを殺そうとした科が重なったわけだ。重罪だと与力様に言われて、慌てて白状したってこった」

「与力様……丹野様ですかい」

「いいや。今回は杉山様だ。丹野様は助役だが、杉山様はその上の本役の吟味方与力だ」

「そうですかい」

ほっとする吉平に、駒蔵はにやりと笑ってみせる。

「旦那がこっそり杉山様にお願いしたらしい。前の騒動も伝えて、この件はこみ入ってるから、と言ってな」

「へえ、じゃ、矢辺様も大番屋におられるんですね」

「ああ。といっても、今、清風に政次を呼びに行っている。杉山様に呼んでこい、と命じられてな。で、政次を呼ぶならおまえも、ということになった。うかうかしていると大晦日だからな。杉山様はとっとと事を運んで、年内に吟味を終わらせたいお考えなのだろうよ」

「なるほど……あの、それじゃ、あたしも吟味を受けるんで」

「そうだ。まあ、おまえは害を受けたほうだから、吟味というより話をするだけだ。これまでのいきさつをな」

いきさつ……。吉平はつぶやいて息を吸い込んだ。

「わかりやした」

まっすぐに前を向いた。

大番屋に着くと、追って一之進に連れられて政次もやって来た。吉平は少しの間合いを取って立たされた。

久松と政次は、土間に敷いた筵(むしろ)に、並んで座らされた。

「ふむ」杉山が政次を見る。

「そのほう、浅草で久松に声をかけ、金を渡したというは、真(まこと)か」

政次はひと息、吸い込むと、

「はい」

と、頷いた。

「ふうむ、それはここにいる吉平の命を取るためか」

「はい」

「久松は三両、渡されたと言うている。事がすんだら江戸から逃げろ、とも言ったそうだが、それも間違いないか」

「はい」

政次はうつむいたまま頷く。

「ふうむ、その三両はそのほうの手銭(てせん)か」

「さようで……これまでの蓄(たくわ)えを使いました」

ううむ、と杉山は手にしていた扇子を振った。

「そうまでして、吉平の命を取ろうとしたのはなにゆえか」

与力の問いに、政次はゆっくりと顔を上げた。

「命じられたからです」

む、と杉山は眉を寄せる。

「誰にだ」

「清風の主、勝五郎です」

きっぱりと言い放つ声に、吉平は目を見開いた。かばわないのか……。

横に立つ一之進も、驚きを顕わに政次を見る。

ぱん、と音が鳴った。

杉山の扇子が畳を打つ音だった。

「なれば、その勝五郎とやらを連れて参れ」

「はっ」

一之進が踵を返して、出て行く。

そのあとを駒蔵と番屋の役人が追った。

むうう、と杉山が政次を睨めつける。

「そのほう、主から命じられたというのに、自ら大金を払ってほかの者にやらせたのは、なにゆえか」

政次は少し顔を伏せ、上目になった。

「吉平を自分の手で殺したくなかったからです」

「ふむ、殺しの科を負うのはごめん、ということか」

その問いには、口を動かしただけで、政次から言葉は出なかった。

「久松のことは前より知っておったのか」

「いいえ。浅草には遊び人や無宿人が多いのを知っていたので、探しに行ったんです。久松はいかにも博打に負けたような姿で歩いていたんで」

「ちっ」

久松の舌打ちが鳴る。

杉山は横で書役と話をはじめた。

吉平は、ちらりと政次を見る。

ややうつむきがちに、政次はじっと土間を見つめていた。

「そのほうら」杉山が扇子を振った。

「あちらの衝立のうしろに控えておれ」

土間の隅に、大きな衝立が立っている。

「ああ、久松は牢(ろう)に戻せ」

役人に引き立てられて、久松は奥へと連れて行かれた。吉平と政次は、衝立の背後に移された。

そうか、と吉平は息を潜める。勝五郎だけを吟味するんだな……。

吉平は横にじっと立つ政次に目を向けた。

自分の手で殺したくなかった、と言った言葉が引っかかっていた。

吉平の眼を、政次が見返した。が、すぐにそれは逸らされた。

戸が開く音が響いた。

「勝五郎を連れてきました」

一之進の声だ。

吉平はじっと耳を澄ませる。

勝五郎が土間に膝をついたのがわかった。

「そのほうが料理茶屋清風の主、勝五郎だな」

「はい」

太い声が、震えもなく返った。

「そのほう、奉公人の政次に吉平を殺すように命じたこと、真であるか」

杉山の問いに、

「滅相もない」太い声が響いた。

「あたしはそんなことは命じちゃおりません。政次が勝手にやったことです」

聞こえてくる声に、吉平は横の政次を見る。

政次の唇が震えていた。

「ほう」杉山の声音が低く変わる。

「されば吉平を襲わせた一件、政次一人の仕業であり、そなたはあずかり知らぬこと、というのだな」

「さようでございます」

勝五郎の声が響く。

政次の震えは、口から拳へと伝わっていた。

勝五郎の声が続く。

「吉平は以前に言いがかりをつけて店に乗り込んで来たことがあり、困っていたんです。店で暴れたことを、政次はひどく怒っておりましたし、あたしどもの料理を吉平が真似るのにも、腹を立てていました。そこで堪忍袋の緒が切れたのでしょう、気の短い男でして」

吉平は拳を握った。真似をしたのはどっちだ……。身体が熱くなる。

足を踏み出そうとしたそのとき、隣から風がきた。

政次が飛び出していた。

「てめえっ」

その怒声に、吉平も衝立から出た。

勝五郎は目を剝いて、現れた二人を見る。

「与力様」政次の口が開く。

「この……勝五郎の言うことは嘘です。おれぁ、この男に命じられて、いや、そもそもは古部様だ。古部様と木戸様が、この勝五郎に、吉平の口を塞げ、と命じたんだ」

「なんだと」

杉山が腰を浮かせる。

一之進も足を踏み出していた。

吉平は皆を交互に見る。

「古部と木戸、とは誰のことか、申してみよ」

杉山が声を荒らげる。

「政次っ、てめぇっ」

勝五郎も怒声になった。

政次は勝五郎を一瞥（いちべつ）、睨むと、進み出て与力の前に立った。

「古部様と木戸様はお役人です、この勝五郎がなにかと手を結んでて……」

「政次っ、よさねえか」

勝五郎が立ち上がる。

その前に、一之進が進み出た。

勝五郎を腕で制すると、杉山に顔を向けた。

「そのお二人については、わたしから……」

「なに、そなた、知っているのか」

「はい、のちほど奉行所にて」

一之進の抑えた声に、杉山は浮かせた腰を戻した。

「うむ」と扇子を持つ手を上げる。

「政次と勝五郎を牢に入れよ」

えっ、と勝五郎が手を泳がせる。

「いや、あたしはなにも……この政次が……」

「ええい、黙れ」

杉山が立ち上がる。

走り寄った役人が、勝五郎の腕をつかんで、奥へと引いていく。

政次は抗うこともなく、自ら歩いて行った。

吉平はそれを見送って、一之進を振り返る。

一之進は目配せをしている。来い、というその意を汲んで近づくと、一之進は、吉平の耳にささやいた。

「そなたも奉行所に来い。洗いざらい話すがいい」

えっと、見開く目に、一之進は頷いた。

四

長屋の戸が「吉平、いるか」という声とともに開いた。

入って来た一之進は、竈の前に立つ吉平に寄って行く。

「お、あさりだな、商売をはじめるのか。怪我はもう大丈夫か」

「へい」吉平は鍋を竈から下ろす。

「傷はもうくっつきやした。けど、屋台はもう使えないんで、また岡持で売り歩きます。あ、どうぞ、上がってください」

框に上がる吉平に一之進も続く。

熱い白湯を湯飲みに注ぐと、それを手に二人は向かい合った。

「どうなってますか、あいつら」

政次と勝五郎、久松の三人は、小伝馬町の牢屋敷に移されていた。

「うむ、一昨日、詮議に立ち会ったのだがな、政次はこう言っていた。久松に目をつけたのは、性根は悪そうだが弱そうだったからだ、と。吉平を襲っても反撃されて殺せそうにない、金を持ってすぐに江戸を逃げ出すだろう、と考えてのことだったそうだ」

「え……そうだったんですかい」

「うむ、あれは言い逃れではない、本心だな。あやつはそなたを殺したくなかったのだろう」

「へえ……」

吉平は熱い湯飲みを手で包み込む。穴子飯や海老天飯、蛸飯をきれいに平らげていた姿を思い出した。

一之進はふっと苦笑した。

「もう勝五郎にも嫌気がさしていたらしい。政次は親に捨てられて、浅草でうろついていた頃に、勝五郎に拾われたそうだ。そのために、逆らえなかったのだろうが、さすがに殺しまではやりたくなかったのだろう。これで縁が切れると思ってか、包み隠さず話している」

「へえ、そいじゃ、勝五郎は慌てているでしょうね」

ふむ、と一之進は苦笑する。

「それが大して動じておらんのだ。古部殿と木戸様のことを尋ねられても、ご贔屓(ひいき)をいただいているお客だ、としか言わぬ」

「あ、じゃ、魚河岸のことは……」

「おう、そちらだ。そなたの話、うちの御奉行様から御目付様に伝えられて、徒目付殿が動いたのだ。魚河岸の探索で、古部殿らの口利きで上物(じょうもの)の魚を勝五郎に流していたことが明らかになった。袖の下のやりとりもな」

「へえ、悪事は露見(ろけん)したってわけですね」

「うむ、だが、勝五郎はまだそれを知らぬからな。木戸様がまたなんとかしてくれるだろう、と高を括っているに違いない。この先は、評定所の扱いになるゆえ、そうはいかぬがな」

「評定所、ですかい」

「ああ、町人と武士が絡んだ場合には、評定所で裁かれるのだ。勝五郎と政次もそちらで詮議を受けることになる」

「へえ……あ、あの」吉平は湯飲みを置いた。

「それじゃ、おとっつぁんのことは……そっちはどうなるんで」

ううむ、と一之進は湯飲みを握りしめる。

「そちらも勝五郎に問い質しているのだが、やはりしらを切り続けているのだ」

「しらを……」

「ああ、責め問いもしたらしいが、それでも口を割らなかったそうだ」

牢屋敷では、白状させるための拷問を行うことが認められている。

「正直、わたしもあれほどふてぶてしい男だとは思わなかった。厳しく打たれれば白状して、決着すると思うていたのだがな」

「あの、それじゃ、罪には問えないってこってすかい」

身を乗り出す吉平に、一之進はしかめた顔を伏せた。

「殺人や放火、強盗などの重罪は、当人が白状しなければ罪が認められないことになっているのだ。そのために責め問いもあるのだが、それでも口を割らずに最後まで認めようとしない者もいる。まあ、認めれば死罪だからな……」

「けど……それじゃ、逃げ得じゃないですか」

「ううむ、まあ、察斗詰(さっとづめ)という法があるのはあるのだが、それは逃れようのない証や証人があっての話でな。それらがあれば老中に諮(はか)って、白状せずとも罰を下せるのだが、これはよほどの重罪でなければ使われることがないのだ」

一之進は吉平を見た。

「そもそも、吉六さんのこと、そなたも相手の顔を見たわけでなく、覚えているのは腕の火傷(やけど)だけであろう。それでは、証としては弱すぎるのだ」

吉平は、乗り出していた身を戻した。

「そうですか……」

息がこぼれる。

「まあ」一之進が立ち上がった。

「あとは評定所次第だ。まもなく大晦日だから、動くのは年明けになるだろうがな」

開けた戸から、木枯らしが吹き込んでくる。

吉平は、それに肩をすくめた。


年明けて一月。

一之進と並んで歩きながら、吉平は羽織の袖を引っ張った。

「その羽織は借り物か」

一之進の言葉に、頷く。

「へい、差配さんに借りやした。あたしは羽織なんざ持ってないので……けど、あたしまで評定所にお呼び出しなんて……」

「ふむ、まあ、殺されそうになったのはそなただからな、証人として重要なのだ。が、案ずることはない、わたしが立ち会う。うちの御奉行様にもお許しをいただいたからな」

「南町奉行様……」吉平がつぶやく。

「ほかにはどなたが出られるんですか」

「あとは勘定奉行、御目付様、それに寺社奉行様だ。大きな騒動ではないから、それほどのお出ましはなくともいいはずなのだが。まあ、揃うのは吟味のはじめと落着のときだけだ。今日は初日だから、皆様がお出ましになるがな。あとは評定所のお役人らが揃う。そちらは何人になるのか、わたしにはわからん」

吉平は唾（つば）を呑み込む。呑み込みながら、一之進の喉からも同じ音を聞いていた。

評定所に着くと、お白州（しらす）に通された。

すでに敷かれた筵の上に手を縛られた勝五郎と政次が座らされていた。

少し離れた場所にやはり筵が敷かれており、吉平はそこに座らされた。が、すぐ近くに立った一之進を見て、息をついた。

吉平は顔を上げた。

正面の座敷には、まだ人がいない。

そこの廊下に、人影が現れた。

あ、と吉平は目を開く。

古部と木戸が廊下に座らされた。古部は隅の下座だ。

勝五郎は顔を上げて二人を見る。が、古部も木戸も、目さえそちらに向けようとしないのが見て取れた。

やがて、人の足音が鳴った。

「控えおろう」

声とともに、吉平は慌てて平伏する。

耳に届く音で、座敷に人々が着席したのが察せられた。

「面を上げい」

吉平は顔をやや上げた。

座敷には多くの役人が着座している。右側が評定所の役人らしく、文机に向かったり、書状を手にしたりしている。左側が奉行など、身分の高い人々であるのが、その身なりなどからも察せられた。

吉平は掌に汗を感じて、そっと着物で拭いた。と、横の上の方から、つぶやきが落ちてきた。

見上げると、一之進が口を動かしているのが見えた。

「狸……」

つぶやきながら、一之進は正面を見つめている。

え、と吉平はその目の先を追った。

座敷に並ぶ一人に、一之進の目が釘付けになっている。

あっ、と吉平は声を呑み込んだ。

太鼓さん……。吉平の目も釘付けになる。

裃姿で威儀を正しているが、その顔、そして腹は太鼓腹の侍に間違いない。

吉平は一之進を見上げる。一之進は小さく顔を向けて吉平に頷くと、口を動かした。

「寺社奉行様だ」

と、音のないままに、その口は伝えた。

ええ、と吉平は目をこらす。座る順番で身分がわかるらしい。

寺社奉行は見つめる吉平と目を合わせた。かすかに頬を動かすのがわかった。

座敷では、評定所の役人が書状を広げて顔を上げた。

「表御台所台所頭、木戸帯刀、並びに台所人、古部定之、両名は料理茶屋清風の主、勝五郎及び奉公人政次に、屋台主吉平の殺害を命じたことに相違ないか」

「いえ」木戸が顔を上げた。

「そのような覚えはありません」

古部も続ける。

「わたしも覚えはありません」

えっ、と息を漏らして、勝五郎が腰を浮かせた。

その隣で、政次が鼻から息を漏らした。吉平はそっと政次に目を向ける。肩が小さく震え、笑いを堪えているのがわかった。

御目付は皆を順に見る。

「木戸ならびに古部は、勝五郎と懇意にしていたと聞いているが」

「いいえ」木戸がきっぱりと言う。

「店には行ったことがありますが、客として参っただけにございます」

「はい」古部も続ける。

「あの店は役人も多く使っておりました。味がよいと評判だったので」

ちらりと、寺社奉行に目を向ける。

寺社奉行は小さく咳を払った。

町奉行が口を開いた。

「古部定之、そのほうが吉平の口を塞げと勝五郎に命じたのを聞いた、とそこにいる政次が申しているが」

古部は掠れ声ながら、大きく口を開ける。

「身に覚えがありません」

「御奉行様」

勝五郎が声を放った。腰を浮かせ、膝で進み出る。

「命じられました。確かに……それで、あたしがこの政次にまかせたのです」

「ほう」町奉行が眉を寄せる。

「そのほう、古部はただの客だと、牢屋敷での詮議では申していたではないか」

ぐっと、息を呑む勝五郎を、町奉行は睨む。

「それが嘘か、今のが嘘か」

勝五郎は浮かせた腰を戻す。

「勝五郎」寺社奉行の声が上がった。

「そのほう、吉平を以前にも襲わせたという報告が上がってきているが、それは覚えがあるか」

勝五郎は「いいえ」と首を振る。と、その顔を上げた。

「身に覚えがありません」

真似をされた古部が、勝五郎を睨んだ。

「出商い、吉平」

寺社奉行が呼びかけた。

「はい」

顔を上げながら、ああ、と思う。この声、やっぱり太鼓さんだ……。

「そのほう、なにゆえに襲われたと考える」

「あ、それは……」吉平は上体を上げた。

「いくつかのことが……」

吉平の声を、

「言いがかりです」勝五郎が遮った。

「こちらが言いがかりをつけられたのです」

「黙れっ」町奉行が叱声を上げた。

「調べはついているのだ」

その言葉に、古部と木戸の首が短くなった。

御目付がそちらを睨む。

「まだ詮議は続くぞ」

二人の役人の顔が強ばるのが、吉平の目にもわかった。

勝五郎の顔も引きつっている。

ただ一人、政次だけが笑いを嚙み殺していた。


数日後。

「吉平」と一之進が戸を開けて上がり込んできた。

「あ、旦那、よかった、自身番屋に出向こうかと思ってたんでさ。こんな話、ほかじゃできないから……」

おう、と胡座をかいて、吉平と向き合う。

「驚いたよな」

「はい」

二人の顔が同時に頷き合った。

「まさか、あのお方が寺社奉行だったとは……加納千左衛門(かのうせんざえもん)というお名は前から知っていたが、お顔は見たこともなかったからな。なにしろ、寺社奉行に就くのは大名と決まっている。加納様も一万石の大名だ」

「お大名……はあ、びっくりして腰が抜けそうでした。立ってたら、転んだかもしれませんや」

「おう、わたしも膝がぐらついた」一之進が笑う。

「加納様はうちの御奉行様に、吉平のこれまでのことをいろいろと伝えたという話だ」

「へえ、そうだったんですか」

「うむ、もともと寺社奉行様がお出ましになるような件ではないのに、聞きつけた加納様が自ら評定に出る、とおっしゃったそうだ。もっともあの初日だけで、あとは評定所の役人や、うちの御奉行様と御目付様などで詮議を進めているという話だが」

「どうなるんでしょう」

「ふむ、それぞれに罰を受けるのは間違いない。まあ、吉六さんのことは、どうなるかわからないが」

吉平は顔をしかめる。

「勝五郎が罪を認めれば死罪、なんですよね」

「うむ」

一之進は吉平の顔を斜めから見る。

吉平は唇を嚙んでうつむいた。

一之進はその肩を叩いて立ち上がる。

「もう我らにできることはない。あとはお沙汰が下されるのを待つだけだ。さ、飯でも食いに行くとしよう、好きな物を食え」

「へい」と吉平の面持ちが弛む。

吉平は勢いよく立ち上がった。

五

一月十九日。

朝日が差す戸の障子に、人影が映った。

土間に立っていた吉平は、

「留さん」

と、戸を開ける。

「おう」と留七は入って来る。背には柳行李(やなぎごうり)を背負っている。

「暇(いとま)をもらってきたぜ」

そう言うと、上がり込んで荷を下ろした。

「長屋が見つかるまで、二、三日泊めてくれ」

「うん、あとでうちの差配さんに聞きに行こう。どっか、口を利いてくれるはずだ」

おう、と留七は竈の上の鍋を見る。

「出商いに行くんだろう。おれも一緒に行っていいか、出商いのやり方を覚えねえとな」

「うん、行こう」

笑顔になる吉平を見上げて、留七は「それとな」と口を開いた。

「うん、なんだい」

「ああ、いや、あとでわかる。それよか、海苔巻きを作るんだろ、手伝うぜ。飯は炊けてるのか」

うん、と土間に下りる吉平に、留七も続く。

横に並んだ留七を、吉平はちらりと見上げた。留七はにやりと笑う。

「おはるちゃんなぁ……」

うん、と覗き込む吉平に、留七は肩をすくめた。

「まあ、すぐにわからぁ」

鍋を覗き込んで、煮込まれた穴子に鼻を動かした。

「いい匂いだな、こいつはどうするんだい」

「刻むんだ」

「そうか、なら」

留七は懐から襷を取り出すと、袖をからげた。その腕を伸ばして「よし」と包丁立てから包丁を取り出す。

「いい包丁だな」

「うん、おとっつぁんの形見だ」

そうか、と留七は包丁を掲げて光る刃を見る。

「おれも自分の包丁を買うぜ」

うん、と吉平は別の包丁を手に取って並ぶ。腕がぶつかって、留七が笑う。

「狭いな」

「長屋だからね。けど、ここは台所が土間になってるからいいんだ。もっと狭いと板間にくっついてるだけなんだ」

「そりゃ、勘弁だな」

「うん、だから、いい長屋を探そう」

「おう、頼むぜ」

二人の声と包丁の音が台所に響く。

その手を止めて、留七が戸を見た。障子に人影が揺れている。

「来た」

と、留七は戸を開けた。

「あっ」

驚きの声を上げたのは、立っていたおはるだった。

「おはるちゃん」

吉平も寄って行く。

留七が「さ、入んな」と、おはるを招き入れた。

吉平はおはるの顔を覗き込む。

おはるはそれに気づいて、額を指で示した。眉の上に斜めの傷跡がある。

吉平はそっと、それに触れた。

「痛かったろう」

おはるは首を振った。

「そのときだけね……おでこだから目立つけど、大した傷じゃなかったの」

二人の間に立って、留七がうほんと咳を払った。

「この傷のおかげで、おはるちゃんは年季をおまけしてもらったんだ」

「えっ……おまけ……」

驚く吉平の腕を留七が引っ張る。

「まあ、上がって話そう」

我が家のように上がり込む留七におはるも続いて、三人は火鉢を囲んだ。

おはるが肩をすくめて吉平を見る。

「年季明けまではもうひと月あったんだけど、傷をつけたお詫(わ)びだって、旦那さんが言って……」

「へえ」吉平が目を瞠(みは)る。

「そいじゃ、奉公はもう終わったのかい」

「うん」

おはるが上目で吉平を見る。

「な、いい話だろ。これからはいつでも会えるんだぜ」

留七が吉平を肘(ひじ)で突いた。

うん、と吉平は目元を弛めて、素直に頷いた。

「家も近くだし、すぐに会えるな」

その笑顔に、おはるも顔をほころばせた。

「よかった……吉平さんなら大丈夫、とは思ってたけど」

「大丈夫って、なにがだい」

首をひねる吉平に、おはるは頰を赤くする。

「傷がついても……あたしみたいに器量が悪いのを好いてくれたんだから、きっと大丈夫って……」

吉平はおはるの丸い顔を覗き込んだ。

「おはるちゃんは器量が悪いことなんざ、ないさ」

「そうそう」留七が頷く。

「顔も目も鼻も丸いけど、そこがかわいらしいぜ」

ぷっと、おはるが吹き出して留七を見る。

「留七さん、あたしのこと豆狸って言っていたの、知ってるんだから」

留七が咳き込む。

「や……それは、だな……」

「いいや」吉平は真顔で声を高めた。

「狸はかわいい」

は、と留七が見る。

「あ、ああ、それだ。狸はかわいいぞ」

おはるが盛大に吹き出す。

おはるの笑い声に、二人の声も加わっていった。

「もう、いいから」

二月。

吉平と留七は永代寺の門前に立っていた。

近くの長屋を借りた留七と連れだって、木場から深川を売り歩くのが日課になっていた。

「いやぁ、このあたりの男衆は食べっぷりがいいなぁ。すぐに軽くならぁ」

抱えている岡持を上下させる。

「うん、みんな旨そうに食べてくれるだろう。見てると気持ちいいんだ」

「おう、鈴乃屋ではお客の食べるとこなんぞ、見たことないからな。目の前で見られるのはうれしいや」

「あ、そっか、留さんは鈴乃屋しか知らないからな……おとっつぁんのやってた江戸一は小さい店だったから、お客の食べるのが見えてたんだ」

「へえ、そうなのか」

「うん……考えてみれば、おとっつぁんは、だから小さい店にしたのかもしれないな。その前にいたのは大きな料理茶屋だったてえから」

「へえ、そうなのか。うん、お客は見えたほうがいい。料理を作る張り合いがでるってもんだ」

吉平も頷く。その目を空に向けた。

「おれ、本当はまた屋台を壊されたとき、気落ちしたんだ。もう、起きるのもいやになって、なにもしたくねえって思った。けど、長屋のおかみさん達がいろんな物を持って来てくれて、それが旨くて……旨いなって思ったら、力が出てきたんだ」

留七は黙って聞いている。

吉平は大きく空を仰いだ。

「だからおれ、つくづく思ったんだ、旨いもの作ろうって。旨い料理を出して、みんなに喜んでもらうって、さ」

うん、留七が頷く。

「いいな、それ」

その口を大きく開いて、声を放つ。

「さあ、旨い海苔巻きと田楽だよ」

おう、と客が寄って来る。

客と言葉を交わしながら、吉平ははっと目を見開いた。

侍が近づいて来る。

太鼓さんだ……。

前に来た加納に、吉平はかしこまって、頭を下げた。

「御奉行様、いろいろとご無礼を……」

「ああ、よせよせ」

手を上げて、加納はそれを制す。

ああ、と留七は侍を見た。このお方が寺社奉行様か……。吉平から聞いていた話を思い出す。

「わたしのことはこれだ」

加納は指を口の前に立てた。

目顔で頷く吉平の手元を、加納は覗き込んだ。

「また海苔巻きにしたのだな、具はなんだ」

「へい、こっちは穴子の刻んだの、こっちはたくわんとごまです。たくわんは前より旨くなってやす、長屋のおかみさんに教わったんで」

「ほう」加納の目が細くなる。

「では、まず穴子からもらおう」

大口を開けて頬張る。

「うむ、旨い。やはりそなたの穴子は味がよい。穴子飯はもう作らぬのか」

あ、と吉平はかしこまった。

「すいません、せっかく助けていただいたのに、あの屋台、また壊れちまって、今度は直せそうにないんです」

ふうむ、と加納はたくわん巻きを手に取りながら首を振る。

「災難であったな」

その頬を動かしながら、加納は留七を見た。

「仲間か」

「あ、へい」吉平は頷く。

「あたしの兄貴分で、いろいろ教わりました」

「いや」留七は首を振る。

「出商いでは吉平のほうが兄貴分なんで。今、こっちが教わってるんでさ」

「ほう、そなたはなにを売っているのだ」

首を伸ばす加納に、留七は岡持を持ち上げる。

「田楽で。豆腐とこんにゃく、それと大根でさ。大根は煮込んであるんで味がしみてまさ」

細長い具の上には味噌が塗られている。

「ほほう、大根の田楽とは珍しい。では、一つもらおう」

加納は刺さった竹串をつまんで取り上げた。

頬をふくらませて、ふむふむ、と唸(うな)る。

「うむ、旨い。この味噌もよいな」

「へい、味噌にはちっと工夫がしてありやす」

胸を張る留七に笑みを見せて、加納は豆腐、こんにゃくと食べ続ける。

最後にまた穴子巻きを食べると、加納は、

「うむ、食うた、旨かった」

と、腹をぽんと叩いた。

それぞれに金を払うと、

「また来る」

と、加納は笑みを残して背を向けた。

「まいどありがとうござんす」

吉平は、その背中に深々と頭を下げた。

六

三月。

夕刻、長屋に戻ると、それを追うように一之進がやって来た。

「吉平、出たぞ」

上がり込んでくる一之進を、吉平は見上げる。

「へ、なにがです」

「お沙汰だ」

一之進はどっかと座った。

「久松は入れ墨と重敲(じゅうたたき)の上、江戸払い、政次は軽敲(かるたたき)の上、江戸払いになった」

敲は鞭打(むちう)ちのことで、軽は五十回、重は百回を受ける。町奉行所の前で、衆人にさらされて肩や臀部(でんぶ)を打たれる刑罰だ。

「へえ……」

吉平は政次の顔が浮かび、眉が寄った。

「政次は包み隠さず白状したし、手は下していないからな、それですんだのだ。勝五郎は遠島だ」

「島流しですか」

「うむ、そなたを襲わせたこともむろん罪だが、役人と手を組んで悪事を働いたことが不届き、とされたのだ。御公儀にとっては、役人のふるまいがより重要だからな」

「へえぇ……そいじゃ、あのお役人二人も罰を受けるんですね」

「うむ、木戸様はお役御免、古部殿は改易だ」

「改易ってことは、浪人になるんですかい」

「そうだ、武士の身分は剝奪だ。いや、殺しを指示したのだから、それですんだのはまだいい。もし、そなたが死んでいたら、死罪だ」

一之進は手刀を首に当てて引く。が、すぐにその手を下ろした。

「いや、勝五郎を死罪にできなかったのは無念だが……」

吉平は首を振った。

「それはもう、いいんです。吟味がはじまって、死罪ってのをつくづく考えてみたんですけど、人を殺したのがいけないって言いながら、新たにその科人を殺すって、なんだか変な気がして……」

ふむ、と一之進が口を曲げる。

「それに」吉平は目を上に向けた。

「勝五郎がしゃべったり動いたりしているのを見て、ああ、この首を落とすのか、と思ったら、死罪になったあと、きっと寝覚めが悪くなると思ったんでさ」

「ふうむ」一之進が腕を組む。

「なるほどな……まあ、そなたの気がそれで収まるのであればよいが」

「へい」吉平は台所の包丁立てに顔を向けた。

「それよか、あたしは包丁で、味で、勝五郎を上まわってやる。そのほうが、おとっつぁんの供養になる。それが仇討ちってもんだと思って」

腕をまくり上げて、拳を上げる。

「うむ、そこは揺るがないな」一之進は頷くと、あっ、と手を打った。

「そうだ、お沙汰でもう一つ、下されたものがあるのだ。そなたに近々、町奉行所からお呼び出しがかかるぞ」

え、と吉平は身を反らす。

「いや、そうではない。よい話だ」

「なにか、お咎めが……」

「よい話……」

「うむ、勝五郎の刑には、二十両の科料も加えられたのだ。店の清風は没収されて売られる。で、その一部を科料に当てる。その科料は、そなたに下されることになったのだ」

へっ、と目を丸くする吉平に、一之進がにやりと笑う。

「どうも、加納様のご提案らしい。屋台を壊されたことへの償い金だ」

「屋台の……」

「うむ、それにな、勝五郎は最後まで認めなかったが、吉六さんを手にかけたことは間違いなかろう、と評定に当たった方々は考えていたらしい。そのほうの償いも含めて、という意で異存は出なかったそうだ」

「償い金……二十両……」

「そうだ、それがあれば店を借りられる、煮売茶屋が開けるぞ」

「店……」

「うむ」

一之進が、ぱんと膝を打つ。

吉平は、指を折った。

「二十……」

と、勢いよく立ち上がった。

「店ができる、江戸一だ」

拳を握る。

「そうだ、留さん、それにおはるちゃんにも手伝ってもらおう」

吉平は土間に飛び降りた。

「みんなに知らせてきやす」

そう言って飛び出していく。

一之進も笑顔で外へと続いた。

「うおぃ」

吉平の歓声と足音が、表へと駆け出して行く。

そのうしろ姿が、見る間に小さくなっていく。

辻に消える吉平を見ながら、一之進もゆっくりと歩き出した。

四月。

かつて江戸一があった町の一角に、吉平は立っていた。

隣には留七とおはるもいる。

目の前には格子のはまった窓がある。

吉平は手にしていた掛け行灯（あんどん）を掲げた。

表には江戸一、右側にはめし、左には煮売と書かれている。父のときと同じだ。

留七は軒（のき）を見上げた。

「おとっつぁんの店と似てるかい」

「うん、おんなじくらいの大きさだ」

おはるは赤い前掛けを手で伸ばすと、吉平を見上げた。

「あたし、鈴乃屋で女中しててよかった、お給仕はまかしてね」

おう、と留七も笑顔を向ける。

「けど、おはるちゃんは、じきに女中じゃなくって、ここのおかみさんになるんだぜ」

おはるの顔が真っ赤に染まる。

吉平は胸を張って頷く。

「ちゃんと稼げるようになったら、祝言を挙げよう」

おはるはさらに赤くした顔を手で押さえた。

留七は袖をまくり上げる。

「おれも気ぃ入れるぜ。吉平となら、店だって面白くならぁ」

「うん、留さんがいなけりゃ無理だ。ありがてえ」

その言葉に、留七の手が吉平の背中を打つ。

「ってやんでぇ、しょうがねえな」

よろめきながら、吉平は格子の前に立った。

ゆっくりと掛け行灯を格子に掛ける。

江戸一の字が、正面を向いた。

吉平は空を見上げる。

おとっつぁん、また店がはじまるぜ……。

留七が掛け行灯に手を触れた。

「おとっつぁんの道がつながったな」

「うん」

吉平は頷く。

三人の背後を、人が通り過ぎて行く。

早足でやって来た男は「おっ」と顔を向けた。

「江戸一、開店か」

「へい」

吉平は振り向いて、大声を上げた。

「どうぞ、ご贔屓に」

コスミック・時代文庫

●●

仇討ち包丁（あだうぼうちょう）
江戸いちばんの味

2022年5月25日　初版発行

【著 者】
氷月 葵（ひづき あおい）

【発行者】
杉原葉子

【発 行】
株式会社コスミック出版
〒154-0002 東京都世田谷区下馬 6-15-4
代表　TEL.03(5432)7081
営業　TEL.03(5432)7084
　　　FAX.03(5432)7088
編集　TEL.03(5432)7086
　　　FAX.03(5432)7090

【ホームページ】
http://www.cosmicpub.com/

【振替口座】
00110-8-611382

【印刷／製本】
中央精版印刷株式会社

乱丁・落丁本は、小社へ直接お送り下さい。郵送料小社負担にて
お取り替え致します。定価はカバーに表示してあります。

ISBN978-4-7747-6380-4 C0193